U0530167

古典文学大字本

李贺诗选

黄世中 评注

人民文学出版社

图书在版编目(CIP)数据

李贺诗选/黄世中评注. —北京：人民文学出版社，2023
（古典文学大字本）
ISBN 978-7-02-018203-9

Ⅰ.①李… Ⅱ.①黄… Ⅲ.①唐诗—诗集
Ⅳ.①I222.742

中国国家版本馆 CIP 数据核字（2023）第 163372 号

责任编辑　杜广学
装帧设计　刘　远
责任印制　张　娜

出版发行　人民文学出版社
社　　址　北京市朝内大街 166 号
邮政编码　100705

印　　刷　三河市鑫金马印装有限公司
经　　销　全国新华书店等

字　　数　146 千字
开　　本　710 毫米×1000 毫米　1/16
印　　张　15.25　插页 2
印　　数　1—5000
版　　次　2005 年 6 月北京第 1 版
印　　次　2023 年 9 月第 1 次印刷

书　　号　978-7-02-018203-9
定　　价　38.00 元

如有印装质量问题，请与本社图书销售中心调换。电话：010-65233595

目　录

前言 …………………………………… 1

竹 ……………………………………… 1
帝子歌 ………………………………… 3
汉唐姬饮酒歌 ………………………… 6
雁门太守行 …………………………… 11
河南府试十二月乐词(选三) ………… 14
出城 …………………………………… 18
咏怀二首 ……………………………… 20
南园十三首(选五) …………………… 24
浩歌 …………………………………… 30
开愁歌 ………………………………… 34
昌谷读书示巴童 ……………………… 37
巴童答 ………………………………… 38
铜驼悲 ………………………………… 39
高轩过 ………………………………… 42

洛姝真珠	46
塘上行	50
古悠悠行	52
始为奉礼忆昌谷山居	54
拂舞歌辞	57
老夫采玉歌	60
过华清宫	62
昆仑使者	64
仙人	66
李凭箜篌引	68
送沈亚之歌并序	72
宫娃歌	75
上云乐	78
杨生青花紫石砚歌	80
听颖师弹琴歌	83
难忘曲	86
屏风曲	88
贾公闾贵婿曲	90
冯小怜	93
谣俗	95
酬答二首	97
崇义里滞雨	99
官街鼓	101
京城	102

绿水词	103
蝴蝶舞	105
房中思	106
夜坐吟	108
染丝上春机	111
休洗红	113
美人梳头歌	115
有所思	118
致酒行	120
苦篁调啸引	123
赠陈商	126
题归梦	130
金铜仙人辞汉歌 并序	132
出城寄权璩、杨敬之	136
示弟	138
昌谷北园新笋四首	139
题赵生壁	143
后园凿井歌	145
野歌	148
勉爱行二首送小季之庐山	150
追和何谢铜雀妓	154
三月过行宫	156
王濬墓下作	158
感春	160

大堤曲	162
走马引	166
巫山高	168
钓鱼诗	170
罗浮山人与葛篇	174
江南弄	176
苏小小墓	178
莫种树	180
将发	181
高平县东私路	182
将进酒	183
潞州张大宅病酒,遇江使寄上十四兄	186
平城下	190
摩多楼子	192
龙夜吟	194
黄家洞	196
客游	199
梦天	201
秋来	204
马诗二十三首(选七)	207
感讽五首(选四)	212
感讽六首(选四)	219

前　言

　　李贺（790—816），字长吉，原籍陇西，生于福昌昌谷（今河南宜阳县三乡）。长吉宗室后裔，唐郑王李亮之后。父李晋肃，大历间曾任"边上从事"，后迁陕县县令，约贞元末逝世。[1]李贺为唐代杰出诗人，时当元白乐府平易浅俗之诗，风行诗坛，贺诗以其奇峭、冷峻、深秀、含隐，异军突起，辉映诗坛。韩愈高度评价之，并劝其举进士，然长吉诗名却为自身带来不幸。元和三年（808）秋，长吉就河南府试获隽，"争名者"即以进士之"进"，与其父晋肃之"晋"音同犯讳，诋毁之。元和四年（809）春，张弘靖知贡举，"不察"，且"和而唱之"，竟剥夺李贺参加礼部考试的资格。[2]从此诗人蜗居昌谷，抑郁忧愤，虽曾奉礼太常（804—807），并一度至潞州依友人张彻（814—816），但总计不足五年。长吉壮怀不伸，兼之家境贫寒，体弱多病，妻子早逝，未有子嗣，遂赍志而殁，身后惟留诗二百餘首，时年二十有七，岁在宪宗元和十一年（816）冬。

《旧唐书·李贺传》："（贺）手笔敏捷，尤长于歌篇。其文思体势，如崇岩峭壁，万仞崛起。当时文士从而效之，无能仿佛者。其乐府词数十篇，至于云韶乐工，无不讽诵。"《新唐书》本传亦云："辞尚奇诡，所得皆警迈，绝去翰墨畦径，当时无能效者。乐府数十篇，云韶诸工皆合之弦管。"其诗"意新语丽，当时工于词者，莫敢与贺齿，由是名闻天下"（《太平广记》卷四十九）。是可见李贺诗在当世影响之巨大。然入宋以后似多言贺诗"无理"[3]，"少理"[4]，"多昧于理"[5]，"无补于用"[6]；或言其诗随意"凑合"，"虽有佳句，而气多不贯"[7]，"有句无篇"[8]。

长吉处贞元、元和间，当时藩镇跋扈，外族侵扰；宦官专权，朝廷昏暗；吏治腐败，百姓疾苦而民生凋敝，"贺于此不胜当代之悲，长吁远悼"，而"泄其不忍言、不堪言之意"[9]，故其诗多比兴而含隐重旨。世之学人或有深解之偏，附会之处，而诗人之解则多浮泛，见其"奇诡"则断其理不胜辞，无补世用；摘二三佳句，不味篇中内蕴，乃责其随意"凑合"，"有句无篇"，实未深知李贺也。

按"无理"、"少理"之说，盖源自对杜牧《李长吉歌诗叙》之误解。小杜《叙》有云："（贺诗）盖

《骚》之苗裔，理虽不及，辞或过之。"又云："世皆曰：使贺且未死，少加以理，奴仆命《骚》可也。"原牧之之意，实言贺诗比于屈赋，理虽未及，而言辞或有过楚骚之处。且"少（稍）加以理"，并非"无理"、"少理"之谓。《叙》中又云："《骚》有感怨刺怼，言及君臣理乱，时有以激发人意。乃贺所为，得无有是？"是小杜实以贺诗与《骚》之"感怨刺怼，言及君臣理乱"，"激发人意"相提并论矣。乃北宋孙光宪首倡贺诗"无理"之说。其《北梦琐言》卷七云："愚尝览《李贺歌诗》篇，慕其才逸奇险，虽然尝疑其无理，未敢言于时辈。或于奇章公集中，见杜紫薇牧有言长吉'稍加其理，即奴仆命骚人可也'（按原引如此），是知通论合符，不相远也。"孙氏不惟错解杜牧《叙》意，且杜撰"无理"之说。至张戒，则直谓"贺以词为主，而失于少理"。至陆游则言贺诗"无补于用"。以今日时行之言说，则孙、张、陆之言长吉诗，虽辞采或有过人之处，而内容空泛怪诞，言不及理，未能"讽上化下"、反映当时之社会现实云。

长吉诗"辞理兼胜"，清人陈本礼已见及此。其《协律钩玄序》云贺诗"冥心千古，夙慧天生，凿险追幽，语多独造，往往未经人道，以自写其磊落郁积不平之气"。此言贺诗之"辞"。又曰贺诗"感切当时，目击心伤，不敢暴扬国政，总托于寻常咏物写景，不使人易窥其意旨之所在。不善读者，遂谓贺诗在可解不可解之间，更有谓贺当稍加以理者。嗟乎！以此意读贺，使长爪生有知，宁不哑然地下乎"。此言贺诗之"理"也。长吉诗之"辞"，千百年来，殆无间然。所谓"辞"，当指贺诗总体之艺术形式，非只诗之语辞。此暂按下。关于"理"，即所谓反映现实之深度与广度，窃以为较之白傅亦未必逊色。有反映官吏催科、农民破产之诗，如《感讽五首》其一，言吴蚕蠕蠕，桑芽尚小，官吏春催"夏税"，怒喝狞色之后，"县官踏飧去，簿吏复登堂"。有反映节使克扣军饷、戍边战士苦于饥寒之诗，如《平城下》之为戍卒鸣悲抒怨。有嘲宦竖将兵，驱赶老弱，谎报请功之种种丑态，批判朝廷军制废弛，任用宦者为将，似同儿戏，锋芒直指宪宗及宦官头子，如《感讽六首》其三。有刺最高统治者之求仙佞道，妄求长生不死，如《仙人》、《昆仑使者》、《拂舞歌辞》、《古悠悠行》等，《官街鼓》且言"几回天上葬神仙"，"柏陵飞燕埋香骨"。此外，抒宫人怨旷之悲，则有《宫娃歌》、《谣俗》、《三月过行宫》等；刺宫禁及贵家之淫乐，则有《上云乐》、《难忘曲》、《贾公闾贵婿曲》、《感讽六首》其四、《夜饮朝眠曲》、《秦宫诗》、《嘲少年》、《酬答二首》等。李贺一生极其短促，晚年至潞州依友人张彻，仍不忘关注现实，关注国家大事。有两首诗是很能说明问题的。史载元和九年

(814) 六月三日,盗刺宰相武元衡,明年案破,知刺客为藩镇所使。李贺作《走马引》,借乐府古题刺剑客之为人所用,实刺藩镇,能持剑杀人而不能为身家计。元和十一年八月,"黄洞蛮"起事抗击官军,时李贺在潞州当已卧病。[10]闻黄家洞被容、管两道裴行立、阳旻率兵屠杀,死者十之七八,即作《黄家洞》诗,详叙西原蛮族举兵抗击唐军并取胜情况,诗末指摘唐兵败亡却屠杀容州平民以邀功。是诗人至疾病缠身仍不忘家国大事。至于宪宗贬逐"二王八司马"事,贺诗亦多有反映,钱仲联《李贺年谱会笺》对此多所发明,可以参阅,此不赘述。如此关注、反映当世时事,何可言其诗"无理"、"少理"、"无补世用"!白居易以其通俗浅切之新乐府,被目为"广大教化主";前此称其为"伟大之现实主义诗人",今仍视其为"杜甫写时事创作道路的进一步发展"。[11]李贺诗同白傅一样反映当世时事,只因诗风凄艳诡激,含蓄隐秀,尽反通俗平易,浅切直露,"不善读者"(上引清人陈本礼语)如陆时雍,乃诬贺为"妖怪","不入于大道"。其《诗镜总论》云:"妖怪惑人,藏其本相,异声异色,极伎俩以为之,照入法眼,自立破耳。然则李贺其妖乎?非妖何以惑人!故鬼之有才者能妖,物之有灵者能妖。贺有异才,而不入于大道,惜乎其所之之迷也。"前此或称其"唯美主义","诗歌内容空虚而无聊",今仍言其诗"内容过于狭窄，情绪过于低沉，一意追求怪异，难免走向神秘晦涩和阴森恐怖"。[12]甚至以为长吉有"三个不满：一对职事的辛劳劳累不满；二对职位卑微不满；三对受人驱使不满。从不满个人境遇，逐渐发展到不满社会现实"。又云：长吉"无不围绕着追求功名利禄，贪图富贵享乐这样的思想核心。这是他喜怒哀乐种种起落不定感情的生发点，也是支配他进退取舍的神经中枢"。[13]如此违背历史主义，令人不能信服！是以贺诗"无理"说实乃不得不辨也。

然究其实，文学作品之是否有"理"，是否反映现实，或反映现实之深度、广度如何，不应作为评价作品之标志，更非唯一之标志，抒情文学如诗词，更是如此。严羽《沧浪诗话·诗辨》云："夫诗有别趣，非关理也。"明李维桢《李贺诗解序》亦云："诗有别才，不必尽出于理。请就《骚》论，朱子以屈原行过中庸，辞旨流于跌宕，怪神怨怼激发，不可为训。"则朱文公亦以为屈赋"无理"、"少理"。此之所谓"理"，实是儒家传统诗论所倡之"恋阙爱君"，"一饭不忘"；"讽上化下"，"忧国忧民"。以此衡鉴贺诗，若前者，其"理"或有未足；若指"讽上"、"忧民"，则贺诗之"理"已如上所述。

"客舍并州已十霜，归心日夜忆咸阳。无端更渡桑乾水，却望并州是故乡"；"君问归期未有期，巴山夜雨涨秋池。何当共剪西窗烛，却话巴山夜雨时"。此等诗有何"理"在？有多少"讽上化下"、"忧国忧民"？其反映现实又有多少深度、广度？然不失为千古佳构。研究文学，评价文学作品自当"立足于文学本位，重视文学之所以成为文学并具有艺术感染力的特点及其审美价值。当然，文学的价值在很大程度上取决于它反映现实的功能，这是没有问题的"，但这"是借助语言这个工具以唤起读者的美感而实现的。一些文学作品反映现实的广度与深度未必超过史书的记载，如果以有'诗史'之称的杜诗和两《唐书》、《资治通鉴》相比，以白居易的《卖炭翁》与《顺宗实录》里类似的记载相比，对此就不难理解了"[14]。因此，评价李贺诗，亦应以其诗之是否有艺术感染力，其反映现实是如何借助语言这个工具以唤起读者的美感，引起读者情感共鸣之内涵、特点及其审美价值来作为衡量的标志。

然则李贺是如何"借助语言这个工具以唤起读者的美感"的呢？按诗之言"理"，有显露诗中，有"理"在诗外。长吉诗比兴含隐，理寄诗外，言在此而意在彼。即以本册所选言神仙之诗，便可悟及于此。其《仙人》、《官街鼓》、《昆仑使者》、《古悠悠行》、《拂舞歌辞》等借神仙事，而讽佞道求仙、希企长生之妄，此非"理"乎！古之学者已见及贺诗之"理在言外"。刘辰翁《须溪集·评李长吉歌诗》云："千古长吉，余甫知之耳，诗之难读如此，而作者尝呕心，何也？樊川反复称道形容，非不极至，独惜理不及《骚》。不知贺所长正在理外……若眼前语，众人意，则不待长吉能之，此长吉所以自成一家欤！"[15]按长吉诗之是否及《骚》，此当别论。然刘氏以为贺诗"理"在言外，则独具只眼。《四库全书总目提要》亦指出："贺之为诗，冥心孤诣，往往出笔墨蹊径之外，可意会而不可言传。严羽所谓诗有别趣，非关于理者，以品贺诗，最得其似。"清人张佩纶则说得更加透彻，于长吉诗之如何言"理"，评曰："董伯音亦云：'长吉诗深在情，不在辞；奇在空，不在色。'至谓其理不及，则又非矣。诗者缘情之所，非谈理之书。显而言理则有《礼》，幽而言理则有《易》，不必依于理而不能自已，于情之所之则为诗。如以理为诗，直名为《易》与《礼》，不得名为诗……若《宫体谣》、《黄家洞》、《猛虎行》、《吕将军》、《瑶华乐》、《假龙吟》、《龙夜吟》数十篇，皆隐约讽谕，指切当世，恨读者之不深，殊不能知之矣。"[16]张氏所云直指"情"字，正是强调诗歌之审美特征及艺术感染力，而不必似《礼》、似《易》之言"理"。绝妙比照！

明马炳然《锦囊集跋》云："韩文公评李长吉诗，委曲纤悉，将谓当时人无出其右。比读《雁门太守行》数篇，亦未全觉其所。近得抄本全集，尽读之，始知韩之意盖取篇中之句，非为全篇云尔。"许学夷《诗源辩体》卷二十六则云："贺未尝先立题而为诗，每旦出，骑款段马，从小奚奴，背古锦囊，遇有所得，书投囊中，及暮归，足成之，盖出于凑合，而非出于自得也。故其诗虽有佳句，而气多不贯。其七言，难者读之十不得四五，易者十不得七八。"按马氏云昌黎仅赏长吉句奇而非全篇，所言无据。而许氏则不解义山《长吉小传》之所言，误以"研墨叠纸足成之"为"凑合"，亦"想当然"耳。贺之骑驴觅诗，与多数诗人同为艺术构思过程的一种方式；佳句未得，宿构未成，心有所系，故骑驴觅句。此体味自然，移情于景，心物交契，灵心顿悟之举，所谓"物色之动，心亦摇焉"；"诗人感物，联类不穷，流连万象之际，沉吟视听之区。写气图貌，既随物以宛转；属采附声，亦与心而徘徊"[17]。唐诗人李、杜、贾岛等皆有骑驴之事，不独李贺。《古今诗话》载：有人问郑綮近为新诗否，答曰："诗思在灞桥风雪中驴子上，此处何以得之？"[18]可见骑驴觅句，亦唐人惯常，而许氏解为"凑合"，莫奈于古人为欺也！

作诗填词，或先立题，或先得句；或成篇而后润饰之，或得一句一联，而后延展补苴而后足成之，盖随作者之灵心属笔，惯常习用之法。然不管何种家数，"足成"之前，自有心中之意，胸中之情，眼中之景，境中之象，而后境完、神足、句佳、篇就。长吉诗二百三十余篇,尽可证,未见不以意连而"凑合"之诗。至于"未尝先立题",亦古人作诗之习见。子曰《诗三百》,岂各有专题?即便《古诗十九》,亦未与分眉。遑论建安乐府,摘取篇中首句,何尝先有立题!长吉作诗,自有长吉之法,或先立题,或先得句,毋以"凑合"责之焉。沈德潜《说诗晬语》云:"汉魏诗只是一气转旋,晋以下始有佳句可摘。"长吉诗佳句连篇,当亦有先得句而后足成,然后命题之诗。其实唐以后律绝(词曲同),诗人每先得其中一联,甚或一句,然后延展连贯,补苴成篇。贾岛有"鸟宿池边树,僧敲月下门",然后成《题李凝幽居》,温岐有"鸡声茅店月,人迹板桥霜",而后有《商山早行》,此为人所共知。奈何以"凑合"而责长吉?

许氏自言贺诗"其七言,难者读之十不得四五,易者十不得七八",此未得读贺诗之法而责以"虽有佳句,而气多不贯",亦无待辨矣。乃今学者仍秉持旧说而发挥之,言贺诗:"往往有句无章,从局部看不乏佳词丽句,形象往往也很生动,但从整体看,瑕瑜互见,妍蚩杂陈,重复颠倒、互不连缀的现象处处可见……这种有句无章的作品,自然不能算是好的。李贺集子里这类作品并不少见。"[19]诚然,长吉诗非全是精品,个别或少数结构未臻完善,容或有之,然以为多数如此,则非事实,此又不能不辨也。

长吉处元和间,新题、旧题乐府平易浅俗,风靡诗坛,贺"绝去翰墨畦径"[20],"呕心不经人道语"[21],"不屑一作常语"[22]。其诗"骨劲而神秀,在中唐最高浑,有气格,奇不入诞,丽不入纤"[23]。然何为初读贺诗"固喜其才,亦厌其涩"[24]?窃以为长吉诗异于他家者有四端:其一,用字用词多以生语替代习熟之辞;其二,多以冷僻奇诡之意象入诗,此二端常令读者思虑之所不及。其三,诗句之间或离合跌宕,或翻转跳跃,脉络婉曲而不平直;其四,立意谋篇多比兴暗示,故诗义常重旨复意。因此,若以读他人诗之惯常读法,则初读自有"涩"、"隔"之感。这里限于体例、篇幅的要求,仅就生语替代熟词,略一说之,庶几为初读贺诗者借鉴焉。

清人叶矫然引《笔精》曰:"李长吉诗本奇峭,而用字多替换字面。"[25]所谓"替换字面",窃意以为即以生语而掉换习熟之辞;读者习惯熟辞,而一变为生语,初读常不知所云,或不知所出,如此则"生涩"生矣。选者通检长吉歌诗,撮其要者,约略得二百馀例。兹略举数例以见其概,如天子称"紫皇",王孙言"宗孙",道士号"青霓",书生名"书客";妃嫔曰"青琴",宫女言"长媚",姬人作"黄娥",湘妃称"江娥";白发曰"惊霜",黑眉曰"新绿",草芽曰"短丝",绿草曰"绿尘";桂树曰"古香",桂花曰"秋香",松子曰"新香",落花曰"枯香";等等。其熟语使新,俯拾即是；以生代熟，诗家少有。此陈言之务去，如陈本礼所云"语多独造，往往未经人道"[26]。且如白日、月亮、宝剑、良马等诗中多次出现，贺之生语新词则又不止一种称代。言"日"，则"白景"、"飞光"、"红镜"、"笼晃"；言"月"，则"月轮"、"金镜"、"白晓"、"碧华"、"寒蟾"、"老兔"；而"玉钩"则称缺月，"寒玉"则谓江月，至水中之月则言"淡娥"，等等。其他如"白屋"、"白盖"代茅屋；"土花"、"紫钱"称苔藓，皆匠心独运，绝不重复。

李贺诗以生语代熟词，以新辞换陈言，使旧面化新，力求有变，《旧唐书》本传所谓"辞尚奇诡"，"绝去翰墨畦径"也。然于习惯熟词、陈言之读者，思维定势已成惰性，初读之未能适然，亦自情理中事。然未可始一捧读，仅解十之四五如许学夷，即言长吉诗"气多不贯"，随意"凑合"，"有句无篇"。

然长吉用语亦非一味"弃熟就生"、"弃旧就新"，其浑厚不生奇之句亦尽多，不可一概而论。长吉诗之风格有此两面，前人亦已见及于此。清人方以智《通雅》卷三云："长吉好以险字作势，然如'汉武秦皇听不得'，'直是荆轲一片心'，原自浑老。老杜之'冯夷击鼓群龙趋，黑入太阴雷雨垂'，何尝不作奇语吓人！"方氏所云的是，惟贺之奇峭语于他人为多。以下略摘贺七言之"浑成"语数例，以见其多有平易隽秀，非皆奇诡也。如："草暖云昏万里春"，"宫花拂面送行人"，"桃花满陌千里红"，"花城柳暗愁杀人"，"寒鬓斜钗玉燕光"，"嫁与春风不用媒"，"吟诗一夜东方白"，"老去溪头作钓翁"，"天若有情天亦老"，"雄鸡一声天下白"，"无情有恨何人见"，"人间酒暖春茫茫"，"花枝入帘白日长"，等等。是长吉诗在凄艳沉郁、生奇诡激之主体风格外，亦存浑成平易如行云流水之作。

沈子明《书》称长吉诗手自删订，"离为四编，二百三十三首"。清王琦《汇解李长吉歌诗》卷一至卷四计二百一十九首，少一十四首；而"外集"二十二首，合计则又多出八首。其中当有伪托赝杂其间，然绝大部分当为长吉诗无可疑者；本册所选即据王琦本。李贺诗多精品，本书选录了一百零八首，约占全诗百分之四十五，比例较大。本书选诗主要以作品的传诵度为主要依据，同时兼顾思想性和艺术性。

注释力求通畅、简洁，凡诗中用典，尽皆点出。各首"解读"，不拘一格。有话则长，无话则短。举凡诗艺精彩之处，不论遣词、造语，布局、谋篇，则多拈出以说明。

本书以征典为"注释"，达意为"解读"，此亦古人"征典为注，达意为笺"之通义也。

钱仲联先生《李贺年谱会笺》、刘衍先生《李贺诗校笺证异》，多发前人之所未道。本书编年酌参二著而折中之，部分注释亦得二位先生论著之启发，特向二位先生深表谢忱。最后，要感谢责任编辑宋红女史，对本书行文及误注之处多所是正纠谬。

黄世中
2004 年 1 月

【注释】

1　李贺元和四年遭毁未就进士试，同年奉礼长安，有《始为奉礼忆昌谷山居》，诗云"犬书曾去洛，鹤病悔游秦"。是其妻已卧病，时贺年二十。诸家《年谱》皆定贺年十八婚，在元和二年（807），则丁父艰不得晚于贞元、永贞间（805）。

2　韩愈《讳辩》："贺举进士有名，与贺争名者毁之曰：'贺父名晋肃，贺不举进士为是，劝之举者为非。'听者不察也，和而唱之，同然一辞。"徐松《登科记考》："（元和四年）知贡举：户部侍郎张弘靖。"注曰："《旧（唐）书·郭承嘏传》言为礼部侍郎，本传言为户部侍郎。按《宪宗纪》：'元和三年九月，以户部侍郎裴垍为中书侍郎。''四年十二月壬申朔，以户部侍郎张弘靖为陕州长史。'盖弘靖代裴垍为户部侍郎，即权知贡举，本传是也。"又《旧唐书·李贺传》："父名晋肃，以士不应进士。韩愈为之作《讳辩》，贺竟不就试。"是贺未参加元和四年进士试。

3 孙光宪《北梦琐言》卷七。

4 张戒《岁寒堂诗话》卷上。

5 史绳祖《学斋佔毕》："唐人作诗虽巧丽，然直有不晓义理而浅陋可笑者，如李贺十二月词……姑举一例，如是者甚多。"又许学夷《诗源辩体》卷二十六："长吉乐府、五七言，调婉而词艳，然诡幻多昧于理。"

6 范晞文《对床夜语》卷二："或问放翁曰：'李贺乐府极今古之工，巨眼或未许之，何也？'放翁云：'贺词如百家锦衲，五色炫耀，光夺眼目，使人不敢熟视，求其补于用，无有也。'"

7 许学夷《诗源辩体》卷二十六。

8 马炳然刻本《锦囊集跋》。

9 明余光辑解《昌谷集》卷首。

10 李贺元和十一年（816）冬，自潞州归昌谷，未久病逝。

11 参见袁行霈先生主编《中国文学史》第二卷第344页。

12 同上第322页。

13 《安徽大学学报》1980年第3期。

14 参见袁行霈先生主编《中国文学史·总绪论》，第一卷第3页。

15 刘辰翁《须溪集》卷六。又见《笺注评点李长吉歌诗》卷首。

16　张佩纶《涧于日记·壬辰下》。

17　《文心雕龙·物色》。

18　《唐诗纪事》卷五十六引。

19　《安徽大学学报》1980年第3期。

20　《新唐书·李贺传》。

21　明刘淮《李长吉诗集后序》。

22　清陈六阶《昌谷集句解定本》卷首。

23　清贺裳《载酒园诗话·又编》。

24　刘辰翁《须溪集》卷六《评李长吉诗》："旧看长吉诗，固喜其才，亦厌其涩，落笔细读，方知作者用心。料他人观不到此也，是千年长吉犹无知己也。"

25　叶矫然《龙性堂诗话·续集》。

26　清陈本礼《协律钩玄序》。

竹

入水文光动,抽空绿影春。

露华生笋径,苔色伏霜根[1]。

织可承香汗,裁堪钓锦鳞。

三梁曾入用[2],一节奉王孙。

【注释】

1 霜根:竹根有腻粉如霜,故曰霜根。杜甫《苦竹》:"幸近幽人屋,霜根结在兹。"

2 三梁:古时礼冠名,进贤冠之一种,为公侯朝见皇帝时所服。汉蔡邕《独断》:"进贤冠,文官服之。前高七寸,后三寸,长八寸。公侯三梁,卿大夫、尚书、博士两梁,千石、六百石以一梁。"按,古进贤冠以竹为横脊,支使平整,故云"曾入用"。王琦《汇解》引《太平御览》云:"《周书》曰,成王将加元服,周公使人来零陵取文竹为冠。"

【解读】

一、二倒文,言春日之竹节,拔擢凌空,绿影婆娑;映入水中,波光摇漾,极言其形态妍美,且具凌云(抽空)之志。三、四言清晨笋径,则露花点缀,竹根则绿白相映。五、六言织席可为美人之纹簟;裁茎堪作高士之钓竿。末云其用虽广，不如用作公侯贤冠，以朝天子；我既大唐宗室，亦愿得一节，裁为冠梁，言下自当入仕，以副心志。

此借春竹凌云以自况，当为少作。酌编元和元年（806），贺年一十有七。

帝子歌

洞庭明月一千里，凉风雁啼天在水。

九节菖蒲石上死[1]，湘神弹琴迎帝子[2]。

山头老桂吹古香[3]，雌龙怨吟寒水光[4]。

沙浦走鱼白石郎[5]，闲取真珠掷龙堂[6]。

【注释】

1 九节菖蒲：即石菖蒲，生于水石之间，叶有剑，脊瘦根密。古诗："石上生菖蒲，一寸八九节。仙人劝我食，令我好颜色。"《广群芳谱》引《本草》曰："石菖蒲一寸九节者良，味辛温无毒，开心，补五脏，明耳目，久服可以乌须发，轻身延年。"又："菖蒲九节，仙家所珍。"

2 湘神：湘水女神，即湘妃。《楚辞·九歌·湘君》："帝子降兮北渚。"王逸《楚辞章句》曰："言尧二女娥皇、女英随舜不反，没于湘水之渚，因为湘夫人。"据句意，湘神为湘妃、湘水女神；帝子当是天帝之子，非《九歌》所指为湘妃者。

3 "山头"句：桂老，故言"古香"；此言九嶷山上千年老桂散发着清香，亦以通比山头覆照明月之清光。

4 雌龙怨吟：雌龙，牝龙，比湘妃；因迎帝子不至，故云"怨吟"。

5　白石郎：传为水神。《乐府诗集》卷四十七《白石郎曲》其一："白石郎，临江居，前导江伯后从鱼。"

6　"闲取"句：言随意取出真珠掷于水府，以待帝子之来。闲取，随意取来。龙堂，画有蛟龙之殿堂，水府河伯所居。此指龙宫水府。《楚辞·九歌·河伯》："鱼鳞屋兮龙堂。"王逸《章句》："言河伯所居以鱼鳞盖屋，堂画蛟龙之文。"

【解读】

前人于此诗有多种解读，其异在"帝子"所指为谁。吴正子解为尧之二女即湘水之女神，然与四句"湘神弹琴迎帝子"不合。王琦解为"天帝之女"，姚文燮以为指"庄宪皇太后"又与"雌龙怨吟"句未谐。今人钱仲联《李贺年谱会笺》解为"悼念顺宗之死"，则"帝子"以比顺宗，而以"湘神"喻"贬谪在湘之刘禹锡、柳宗元"。窃以为"帝子"比顺宗，有"九节菖蒲石上死"句可以笺证，至湘水女神比刘、柳，似稍嫌穿凿。

诗以帝子比顺宗，为悼顺宗之死。按，顺宗元和元年（806）秋七月壬寅十一日，葬于丰陵，时正秋日。一、二拟想洞庭秋夜：秋月覆照，秋风雁唳，秋水混茫，为湘妃迎接顺宗设立背景。三句言顺宗死了，菖蒲自死石上，即令长服九节菖蒲，又何能起九原之上！四句言湘妃弹琴，正在迎候顺宗。按，"弹琴"或"弹瑟"之误。《路史·朱襄氏》："琴统阳，瑟统阴。"《楚辞·远游》："使湘灵鼓瑟兮，令海若舞冯夷。"五、六言湘妃于波光寒水之中，待顺宗而不至，翘首怅望，惟见九嶷山上月明如水，似闻月中桂子吐露芬芳。七句言顺宗终于未至，水神白石郎仍在沙浦等候迎接。末句写湘妃久等失意，怅望中随手将一把真珠撒向水府。湘妃怅然之情尽在"闲取一掷"，此以神结情之法。

诗悼顺宗，以帝子比之，言当与舜帝同光也。《旧唐书·顺宗纪》引史臣韩愈曰："（顺宗）性宽仁有断，重礼师傅，必先致拜。从幸奉天，贼泚逼迫，常身先禁旅，乘城拒战，督励将士，无不奋激。德宗在位岁久，稍不假权宰相。左右倖臣如裴延龄、李齐运、韦渠牟等，因间用事，刻下取功，而排陷陆贽、张滂辈，人不敢言，太子（按顺宗即位前）从容论争，故卒不任延龄、渠牟为相。尝侍宴鱼藻宫，张水嬉，彩舰雕靡，宫人引舟为棹歌，丝竹间发，德宗欢甚，太子引诗人'好乐无荒'为对。每于敷奏，未尝以颜色假借宦官。居储位二十年，天下阴受其赐。"顺宗之绩，在二十年太子之时，故以"帝子"称之。钱仲联氏曲探之，以此诗为"悼顺宗之死"，可从。诗当作于元和元年（806）秋。

汉唐姬饮酒歌[1]

御服沾霜露,天衢长蓁棘[2]。
金隐秋尘姿[3],无人为带饰。
玉堂歌声寝,芳林烟树隔[4]。
云阳台上歌[5],鬼哭复何益!
仗剑明秋水,凶威屡胁逼。
强枭噬母心,奔厉索人魄[6]。
相看两相泣,泪下如波激。
宁用清酒为?欲作黄泉客。
不说玉山颓[7],且无饮中色。
勉从天帝诉,天上寡沉厄。
无处张缥帷[8],如何望松柏?
妾身昼团团[9],君魂夜寂寂。
蛾眉自觉长,颈粉谁怜白!
矜持昭阳意,不肯看南陌[10]。

【注释】

1　汉唐姬：唐姬，颍川人，后汉少帝刘辩皇后。董卓废少帝为弘农王，唐姬降为弘农王妃。明年，董卓又命郎中令李儒持毒酒鸩杀弘农王。唐姬归乡里,其父会稽太守瑁欲嫁之,姬誓不嫁。具见本诗《解读》引《后汉书·皇后纪》。

2 "御服"二句:言少帝被废,京师大路生满荆棘,汉祚不永矣。《史记·淮南衡山列传》:"(伍被曰)臣闻子胥谏吴王,呈王不用,乃曰'臣今见麋鹿游于姑苏之台'。今臣亦见宫中生荆棘,露沾衣也。"天衢(qú),天街,京师大路。衢,四通八达之大路。蓁棘,犹榛棘、荆棘,草木丛生貌。蓁,通"榛"。

3 金隐秋尘:言唐姬帝后而归乡里,如金枝玉叶之隐于秋尘。《旧唐书·僖宗纪》:"胤系金枝,名标玉牒。"

4 "玉堂"二句:言玉堂殿中之歌,久不可复闻,芳林苑中之花木不能再见。玉堂,汉宫殿名,亦宫殿之美称。《史记·孝武本纪》:"(建章宫)其南有玉堂、璧门、大鸟之属。"寝,息、止息。《字汇》:"寝,息也。"芳林,园名,建于东汉,三国魏避齐王芳讳,改称"华林园",故址今河南故洛阳城中。

5 云阳台:秦韩非、李斯皆刑于云阳,后借以指行刑之地。此借指李儒鸩少帝之所。云阳,据张守节《正义》引《括地志》曰:"云阳城在雍州云阳县西八十里,秦始皇甘泉宫在焉。"

6 "强枭"二句:言董卓、李儒如恶枭厉鬼,强少帝饮鸩。枭,猫头鹰一类鸟,亦称鸱枭。厉,厉鬼,恶鬼。《左传·成公十年》:"晋侯梦大厉,被发及地,搏膺而踊。"索人魄，索人魂魄而食之。《楚辞·招魂》："长人千仞，唯魂是索。"

7　玉山颓：《世说新语·容止》："嵇叔夜之为人也，岩岩若孤松之独立；其醉也，巍峨若玉山之将崩。"言少帝为鸩倒。

8　缞（suī）帷：设于灵柩前之帷幕。谢朓《铜雀台妓》："缞帷飘井干，樽酒若平生。"亦作"缞帏"。

9　团团：犹悴悴，忧苦不安貌。张衡《思玄赋》："志团团以应悬兮，诚心固其如结。"

10　"矜持"二句：言唐姬庄重自持，不允父命再嫁。昭阳意，即矜守后妃之德。《三辅黄图》载武帝时后宫八区：有昭阳、飞翔、增成、合欢、兰林、披香、凤凰、鸳鸯等殿。南陌，此指洛阳城南大道，为繁华之区。沈约《鼓吹曲同诸公赋·临高台》："所思竟何在，洛阳南陌头。"按，少帝临死前嘱唐姬曰："卿王者妃，势不复为吏民妻。自爱，从此长辞。"

【解读】

《后汉书·皇后纪下》："（董卓）置弘农王于阁上，使郎中令李儒进鸩，曰：'服此药，可以辟恶。'王曰：'我无疾，是欲杀我耳！'不肯饮。强饮之，不得已，乃与妻唐姬及宫人饮宴别。酒行，王悲歌曰：'天道易兮我何艰！弃万乘兮退守蕃。逆臣见迫兮命不延，逝将去汝兮适幽玄。'因令唐姬起舞，姬抗袖而歌曰：'皇天崩兮后土溃,身为帝兮命夭摧。死生路异兮从此乖,奈我茕独兮心中哀!'因泣下呜咽,坐者皆歔欷。王谓姬曰:'卿王者妃,势不复为吏民妻。自爱,从此长辞!'遂饮药而死,时年十八。唐姬,颍川人也。王薨,归乡里。父会稽太守瑁,欲嫁之,姬誓不许。"此李贺借汉史以讽唐廷,影射宪宗及宦者刘贞亮辈发动永贞宫廷政变。诗当作于元和元年(806)。

一至十二言董卓将兵入洛,凌虐朝廷,废少帝为弘农王,而立刘协(献帝)。御服霜露,天衢荆榛。唐姬与帝生诀死别,归于乡里,沦落为民,所谓"金隐秋尘姿,无人为带饰"也。从此,玉堂殿中歌声不闻,芳林苑内芳树难见。少帝已崩,哭复何益?"仗剑"以下十二句,言董卓、李儒等先是废帝,后又逼饮鸩酒,胁迫无日。其臣子置君死地,有如鸱枭之食母,厉鬼之索魄。唐姬与少帝勉强上天伸冤,上天却沉沉无声。"无处"以下八句,言唐姬被放回乡里,无处哭祭少帝,更不知其柏陵何处?古时陵墓多植柏树,故云"如何望松柏"。生者忧恨苦痛,死者长夜寂寂。来日方长,无人相怜,惟固守后妃之德,自矜自重,不复再嫁为吏民妻也。

钱仲联《李贺年谱会笺》云:"此诗是借东汉少帝刘辩被董卓废立而死之事,影射永贞宫廷政变。永贞元年秋,顺宗被宦官刘贞亮等逼迫退位,宪宗即位,隔五月而顺宗死。"按,钱说可从。据《顺宗实录》:永贞二年(806)正月丙寅朔,太上皇于兴庆宫受朝贺,至正月甲申即崩于宫中咸宁殿，其间仅隔一十六日。刘禹锡《子刘子自传》称"宫掖事秘，而建桓立顺，功归贵臣"，实一历史疑案。诗中"强枭噬母心，奔厉索人魄"尤为显明。枭母养其雏，至百日而雏强，然后啄母之眼，食母而翔去，自是影射宪宗弑父。汉则董卓、李儒逼君、鸩君，唐则刘贞亮等，实同类可比于"奔厉"也。又钱氏以为唐姬影射牛昭容，拙注、解读未取。

　　贺诗撷取少帝被迫饮鸩，唐姬与帝生死诀别之一刻，极悲歌慷慨、撼人心魄。时贺年仅一十有七，可见少年李贺于现实之关注。

雁门太守行[1]

黑云压城城欲摧[2],甲光向日金鳞开[3]。

角声满天秋色里,塞上燕脂凝夜紫[4]。

半卷红旗临易水,霜重鼓寒声不起。

报君黄金台上意[5],提携玉龙为君死[6]。

【注释】

1 雁门太守行:乐府相和歌辞。雁门,雁门县,今山西代县,县西北有雁门关。行,乐曲;古诗之一种体式。宋赵德操《北窗炙輠》:"凡歌始发声谓之引","既引矣,其声稍放焉,故谓之行。行者,其声行也"。

2 "黑云"句:言城头黑云密布,似欲将城墙摧毁。摧,坠毁。

3 "甲光"句:言将士之铠甲在云日之下闪亮。金鳞,指铠甲,亦称铁衣。古时铠甲于胸背、肩股等易为刀矛所伤处,多用金属片缀成,状似鱼鳞,故云"金鳞"。开,明亮,闪耀。

4 塞上:边地,泛指长城内外。燕脂:一种紫红色颜料。崔豹《古今注》:"秦筑长城,土色皆紫,汉塞亦然,故称紫塞。"此处似言长城紫土与将士之洒血相凝。

5 黄金台:相传为战国燕昭王所筑,置千金于台上,以延天下之贤士,亦称金台、招贤台,后以为君主礼贤之意。见任昉《述异记》卷下。

6　玉龙：喻宝剑。王琦《汇解》："玉龙，剑也。"

【解读】

此拟梁简文帝同题乐府，祖其意，言边城征战之苦。诗作于元和二年（807）秋，时贺年一十有八。张固《幽闲鼓吹》载："贺以歌诗谒韩吏部。吏部时以国子博士分司（东都），送客归，极困。门人呈卷，解带，旋读之。首篇《雁门太守行》，曰：'黑云压城城欲摧，甲光向日金鳞开。'却援带，命邀之。"按，韩愈国子博士分司东都，在元和二年秋，贺故里福昌，与东都近，谒韩。方崧卿《韩集举正·讳辨》注云："公分司东都日，始识贺。"可以参证。

上半言黑云压城，既是即景，亦以喻强敌压境，兵临城下，而将士身着铠甲，自晨兴迎战，直至夜晚；角声满天，血洒塞土。荆公云："方黑云压城时，岂有向日之甲光也。"（杨慎《升庵诗话》）按，荆公误。"甲光向日"，正晨兴云边日出之象。《汉书·天文志》："日出时有黑云，状如焱风乱鬙。"下半言夜深霜重，鼓声沉寂，暗示将士已大半战死；末云为感朝廷千金之意，愿手执利剑，为国捐躯。此亦唐之《国殇》也。

"黑云压城城欲摧"，唐诗名句。其境象为后人引作黑恶势力及时局危殆之比喻甚夥。清李柏有《卓烈妇》诗，写清兵乙酉（1645）扬州屠城之惨剧，曾全句袭用。诗云:"黑云压城城欲摧,北风吹折琼花飞。扬州乙酉遭屠戮,卓氏贞魂至今哭。"至近代则尤多。韩文公送客后倦极,"解带"休憩,读此句急又"援带,命邀之",不愧善识才隽,奖掖后进也。

河南府试十二月乐词（选三）

三 月

东方风来满眼春，花城柳暗愁杀人。
复宫深殿竹风起，新翠舞衿净如水[1]。
光风转蕙百馀里[2]，暖雾驱云扑天地。
军装宫妓扫蛾浅[3]，摇摇锦旗夹城暖[4]。
曲水飘香去不归[5]，梨花落尽成秋苑。

八 月

孀妾怨长夜[6]，独客梦归家。
傍檐虫缉丝[7]，向壁灯垂花。
帘外月光吐，帘内树影斜。
悠悠飞露姿，点缀池中荷。

十二月

日脚淡光红洒洒[8]，薄霜不销桂枝下[9]。
依稀和气解冬严，已就长日辞长夜。

【注释】

1　舞衿（jīn）：谓舞衣。衿，衣之交领，亦作"襟"。

2　光风转蕙：言雨停日出，春风吹拂，春草摇漾。《楚辞·招魂》："光风转蕙，泛崇兰些。"王逸注："光风，谓雨已日出而风，草木有光也。"

3　宫妓：即宫女，以宫女能歌善舞故称，非指出卖色相者。

4　夹城：两边筑有高墙之通道，此指兴庆宫通往曲江池之复道。《旧唐书·玄宗纪》："（开元二十年六月）遣范安及于长安广万花楼，筑夹城至芙蓉园。"

5　曲水：即曲江。薛能《寒食日曲江》："曲水池边青草岸，春风林下落花杯。"

6　孀妾：犹孀妇，即寡妇；此指寡居即孤居之妇，与下"独客"对举。

7　"傍檐"句：言蟢子于屋檐织网。缉，原为析麻、绩麻，此引申为织网。

8　日脚：日头穿过云隙斜射下之光线。杜甫《羌村三首》其一："峥嵘赤云西，日脚下平地。"或言日脚为太阳移动，非。

9　"薄霜"句：言桂枝下薄霜未销。谢朓《芳树》诗："霜下桂枝销，怨与飞蓬折。"

【解读】

《三月》章。一、二背景,言皇都满眼春色,花红柳绿。三至八言戎装之宫嫔浅扫蛾眉,张旗摇摇,经夹城而向曲江游春。末二言娥嫔鱼列,曲江游赏而香飘处处,待至梨花落尽,则曲江亦同秋苑。诗以京师帝宫三月游赏为背景,极写长安草薰风暖,踏青游春之乐。

《八月》章。八月长秋,孤居之女子长夜怨思,征夫独客则羁旅梦归。蟢子网织,灯花暗结,愁人心中悲苦而仍存喜吉之望。此旧注皆未及,故下特明点之。

此檐虫,蟢子也,蜘蛛之属,亦称喜子、喜蛛。北齐刘昼《新论·鄙名》:"今野人昼见蟢子者,以为有喜乐之瑞。"权德舆《玉台体》十一:"昨夜裙带解,今朝蟢子飞;铅华不可弃,莫是藁砧归?"按"藁砧",夫也。《玉台新咏·古绝句》:"藁砧今何在?山上复有山。何当大刀头,破镜飞上天。"吴兢《乐府解题》云此"隐语",首句藁砧,趺也,谐"夫";二句"山上复有山",言"出"也;"大刀头"有环,谐"还";"破镜"云云,则言月半也。诗云"夫出,月半可还"。是八月孤妇怨思,见蟢子缉丝而望夫之归。

"向壁垂灯花",即灯花暗结,俗与蟢子织网,喜鹊噪叫同为吉兆。杜甫《独酌成诗》:"灯花何太喜,酒绿正相亲。"此民俗,古时习知。《西厢记》五本一折:"昨夜灯花报,今朝喜鹊噪。"《红楼梦》二十八回:"女儿喜,灯花并头结双蕊。"是八月伤秋,然孤妇、独客仍存希望也。

《十二月》章。言冬日日光已淡，虽桂枝下之薄霜，亦不能销去；然和暖之气，依稀已至，严冬将解，且看白日暂长而夜间暂短也。

此李贺元和三年（808）参加河南府试，应试之作，据钱仲联《李贺年谱会笺》说。

出 城

雪下桂花稀[1],啼乌被弹归[2]。
关水乘驴影,秦风帽带垂[3]。
入乡诚可重,无印自堪悲[4]。
卿卿忍相问[5],镜中双泪姿。

【注释】

1 桂花稀:言冬日雪下,秋桂花落,寓无"桂"可折。《晋书·郤诜传》:"武帝于东堂会送,问诜曰:'卿自以为何如?'诜对曰:'臣举贤良对策,为天下第一,犹桂林之一枝,昆山之片玉。'"后因以折桂为进士及第。诗言"桂花稀",即暗寓进士不第。

2 "啼乌"句:啼乌,自比,言己被毁下第,犹乌之被弹而归。暗用《乌夜啼引》事,参见《乐府诗集·琴曲歌辞四·乌夜啼引》。元稹《听庾及之弹〈乌夜啼引〉》诗:"谪官诏下吏驱遣,身作囚拘妻在远。"

3 "关水"二句:长安在关中,古为秦地,故言"关水"、"秦风"。王琦《汇解》曰:"归路萧条之况。"

4 无印:言下第,仕宦被阻,自无官印。

5 卿卿:古代夫妻恋人相互间之爱称,此指代妻子。

【解读】

　　李贺元和四年（809）应进士试，以"犯讳"为人所毁，未能参加应试。此早春雪天，下第东归作，故题曰《出城》，诗中桂花当指春桂。

　　首二以无"桂"可折，寓指下第；以啼乌之被弹归，喻指为人所毁。三、四"关水驴影"、"秦风帽垂"，极叙途中悲苦之状：水中蹇驴独行，风中低首踽步，失意而归，形单影只，凄凉无限。五、六言出城归家，可以家人团聚，诚为乐事，然科第被阻，仕途无望，自堪悲叹。七、八预拟之辞，盖于驴背上思及归家之时，妻子不忍相问，惟对镜流泪，甚感愧对也。

　　李贺乐府用字造语奇崛险怪，此五律则平平道来，意脉相连，失意悲苦自肺腑中流出，情感沉挚。"关水"一联，写途中苦况，以形写心，尤为感人。

咏怀二首

长卿怀茂陵[1]，绿草垂石井。

弹琴看文君[2]，春风吹鬓影。

梁王与武帝[3]，弃之如断梗[4]。

惟留一简书，金泥泰山顶[5]。

日夕著书罢，惊霜落素丝。

镜中聊自笑，讵是南山期[6]。

头上无幅巾[7]，苦蘖已染衣[8]。

不见清溪鱼，饮水得相宜。

【注释】

1　长卿：司马相如字。《史记·司马相如列传》："司马相如者，蜀郡成都人也，字长卿。少时好读书，学击剑，故其亲名之曰犬子。相如既学，慕蔺相如之为人，更名相如。"茂陵：汉武帝陵墓在京兆府槐里县之茂乡（今陕西兴平县东北）。此指相如家居茂陵。

2　"弹琴"句：《史记·司马相如列传》："卓王孙有女文君新寡，好音……而以琴心挑之。相如之临邛，从车骑，雍容闲雅甚都。及饮卓氏，弄琴，文君窃从户窥之，心悦而好之，恐不得当也。既罢，相如乃使人重赐文君侍者通殷勤。文君夜亡奔相如，相如乃与驰归成都。家居徒四壁立。"

3　梁王：梁孝王刘武，文帝少子，景帝弟。《史记·司马相如列传》："（相如）以赀为郎，事孝景帝，为武骑常侍，非其好也。会景帝不好辞赋，是时梁孝王来朝，从游说之士齐人邹阳、淮阴枚乘、吴庄忌夫子之徒，相如见而说之。因病免，客游梁。梁孝王令与诸生同舍，相如得与诸生游士居数岁，乃赋《子虚》之赋。会梁孝王卒，相如归，而家贫，无以自业。"

4　断梗：断折之苇梗。后借以喻漂泊无定。

5　"惟留"二句：一简，犹一卷，古时书写用简策，故称。《史记·司马相如传》："相如既病免，家居茂陵。天子曰：'司马相如病甚，可往来悉取其书；若不然，后失之矣。'使所忠往，而相如已死，家无书。问其妻，对曰：'长卿固未尝有书也。时时著书，人又取去，即空居。长卿未死时，为一卷书，曰有使者来求书，奏之。无他书。'其遗札书言封禅事，奏所忠。所忠奏其书，天子异之。"又："司马相如既卒五岁，天子始祭后土。八年而遂先礼中岳，封于泰山，至梁父禅肃然。"

6　讵（jù）：岂、何，哪里、难道。南山期：言如南山之寿考。《诗·小雅·天保》："如月之恒，如日之升；如南山之寿，不骞不崩。"

7　幅巾：古代男子家居，以全幅细绢裹头之轻便头巾。

8　苦檗（bò）：即黄檗，檗亦作蘗，落叶乔木，茎可制黄色染料。黄檗皮可入药，味苦，故亦称苦檗。《乐府诗集·清商曲辞·子夜歌十》："黄檗郁成林，当奈苦心多。"古时田夫野老多用其茎捣碎取汁以染布制衣、被，色黄。此兼寓贫与苦也。

【解读】

　　元和四年（809）春李贺下第东归，二诗当是本年春昌谷家居时所作。

　　首章一、二自比司马相如，言己虽望登第、仕宦，然每怀故里。茂陵，相如长安故居，以比昌谷故里。《史记·司马相如传》"家居茂陵"。三、四言虽家居乡里，而有室家相得之好。"文君"比妻。"弹琴看文君"，言与妻日夕相对。"春风吹鬓影"，关爱之情，言妻之美，刻画入微；只五字，形态、象意、神情俱足。五至八解嘲之辞，亦愤激之辞。李义山所谓"不知腐鼠成滋味"也。钱锺书《谈艺录》云："'梁王与武帝，弃之如断梗'，谓长卿弃梁王与武帝，观首句'怀茂陵'可见；王琢崖（按，王琦字）注谓梁王与武帝弃长卿，大误。"所说的是。王琦《汇解》曰："谓己在时，上之人弃而不用；至身没之后，见其遗书，而反思之以施用于世也。"亦一说，录以备考。

　　次章首四言居家日夕著书，呕心之事，忽惊鬓发成丝；因对镜自笑，自知难致寿考。李商隐《李长吉小传》载："（贺）恒从小奚奴，骑距驴，背一古破锦囊，遇有所得，即书投囊中。及暮归，太夫人使婢受囊出之，见所书多，辄曰：'是儿要当呕出心乃已尔！'"可为此注脚。五至八言无王公大吏幅巾之雅致，黄蘖染衣，虽贫苦，而犹清溪之鱼，亦有饮水自适之乐。曾益《昌谷集》笺云："末谓命薄之夫宜隐不宜仕，犹之清溪之鱼，宜饮不宜食也。溪唯清故无所得食，适得以自如而已。"可以同参。

李贺被毁下第，心情沮丧，家居惟日夕著书以自遣。二诗自我调适，实含愤激之情，不可谓即甘于弃功名而守妻孥也。

南园十三首[1]（选五）

其 一

花枝草蔓眼中开[2]，小白长红越女腮[3]。
可怜日暮嫣香落[4]，嫁与春风不用媒。

其 四

三十未有二十馀，白日长饥小甲蔬[5]。
桥头长老相哀念，因遗戎韬一卷书[6]。

其 五

男儿何不带吴钩[7]，收取关山五十州[8]。
请君暂上凌烟阁[9]，若个书生万户侯[10]。

其 六

寻章摘句老雕虫[11]，晓月当帘挂玉弓[12]。
不见年年辽海上[13]，文章何处哭秋风[14]？

其 十

边让今朝忆蔡邕[15],无心裁曲卧春风[16]。
舍南有竹堪书字, 老去溪头作钓翁。

【注释】

1 南园:在李贺故里昌谷之南,《南园》其十云"舍南有竹"之处当即南园。河南宜阳县《李贺故里调查》云:"今昌谷村虽无,但此一带村子有三乡、上庄、下庄、南寨、柏坡、后院等,大都村头相连,绿竹成园,较大之竹园即有一百多亩。"又云:"南园可能为今南寨之前身,此村紧靠连昌宫遗址,村旁亦有大片竹林。当地老人今仍称村南一片土地为南园。"(钱仲联《李贺年谱会笺》转引)

2 草蔓(màn):长茎似藤缠绕攀缘之杂草,亦作蔓草。

3 越女:春秋越国多出美女,毛嫱、西施其尤著者,后以泛指江浙一带之美女。《文选·枚乘〈七发〉》:"越女侍前,齐姬奉后。"刘良注:"越、齐二国,美人所出。"腮(sāi):两颊下半部,此指美艳之面容。

4 嫣香:春花娇艳芳香。

5 小甲蔬:幼嫩之菜蔬。甲,植物茎之外层或花木果壳谓甲,此指小蔬茎部之外皮。《易·解》:"雷雨作而百果草木皆甲坼。"孙星衍《周易集解》引郑玄曰:"皮曰甲。"

6 "桥头"二句:言桥头一老者哀其贫困,赠与兵书一卷,暗示其弃文就武。此化用张良事。《史记·留侯世家》:"良尝闲从容步游下邳圯上,有一老父,衣褐,至良所……出一编书,曰:'读此则为王者师矣。后十年兴。十三年孺子见我济北,谷城山下黄石即我矣。'遂去,无他言,不复见。旦日视其书,乃《太公兵法》也。"戎韬,即《六韬》。王琦《汇解》:"戎韬,即太公《六韬》书也。"按六韬亦作六弢,兵书,旧传为吕望所撰,含文韬、武韬、龙韬、虎韬、豹韬、犬韬,即所谓"太公兵法"也。

7 吴钩:春秋时吴地铸造之宝刀。钩,形似剑而曲故称。《楚辞·国殇》:"执吴钩兮披犀甲。"

8 关山:原指关隘山岭,此指代土地。《木兰诗》:"万里赴戎机,关山度若飞。"

9 凌烟阁:古时为表彰功臣而建筑之绘有功臣像的高阁。庾信《周柱国大将军纥干弘神道碑》:"天子画凌烟之阁,言念旧臣。"

10 万户侯:食邑万户之侯。

11 雕虫:喻从事微不足道之小技艺,此指书生作诗论文为无用之事。扬雄《法言·吾子》:"或问:'吾子少而好赋?'曰:'然。童子雕虫篆刻。'俄而曰:'壮夫不为也。'"

12 玉弓：弦月似弓，故以喻月。

13 辽海：古辽地沿海地区、辽东湾一带之北方边地。《魏书·库莫奚传》："及开辽海，置戍和龙，诸夷震惧，各献方物。"

14 "文章"句：言即令文士悲秋，亦无处可哭。宋玉《九辩》："悲哉！秋之为气也！萧瑟兮，草木摇落而变衰。"

15 "边让"句：边让，东汉末文士，得蔡邕推荐而擢进，后不得志，出为九江太守。建安中曹操使陈留郡守杀之。事见《后汉书·边让传》。此以边让自比，以蔡邕比韩愈。

16 裁曲：指写诗作歌。鲍照《奉始兴王白纻舞曲启》："谨竭庸陋，裁为四曲。"

【解读】

据"三十未有二十馀"，似元和四年（809）春被毁归昌谷及元和八年（813）春辞奉礼家居之作。

《南园十三首》，牢落愤懑之辞为多，如其四、其五、其六、其七（长卿牢落悲空舍）、其十。其他或感叹年华易逝，或即景遣愁，暂抒孤寂。

"花枝草蔓眼中开"叹容华易谢，年光易逝。三、四名句，不言花为春风吹落，而言"嫁与"，绾合春花、越女、人面与嫣香相映故妙。

"三十未有二十馀"言贫困潦倒，饥肠难耐。"桥头长老"或虚拟之笔，不过借张良巧遇黄石公事，叹半生文章空托，亦所谓"犯讳"未得举进士之哀。

"男儿何不带吴钩"言既不能科举入仕，何不入军幕以建功立业！然入幕从军，原非李贺本心，且体弱多病。亦不过落第闲居之愤激语。或以为此李贺拟以军功报国为爱国之举云云，恐非探李贺心曲之论。

"寻章摘句老雕虫"自嘲"皓首穷诗"，不过雕虫小技，壮夫不为，以委婉之笔，抒沉沦之痛，尤为哀伤。孔门儒者，奉行"学而优则仕"，并不以文章为意。子曰："学有馀力，则以学文。"扬雄云："雕虫篆刻"，"壮夫不为"！昌黎言"馀事作诗人"。陆放翁《剑南道中遇微雨》云："此身合是诗人未？细雨骑驴入剑门。"为一生只能驴背上吟诗觅句而感叹。及至清代黄景仁，则发"百无一用是书生"之哀叹！轻艺文，重仕宦，实儒家传统之见，其视学诗、学文仅猎取入仕为官之手段。李贺仕途被阻，感叹边地战事频仍，武人有建功之遇，而己则无处悲歌。"男儿"一首，意明情激，此则叹书生无用，不限于李贺，实为唐代士子鸣悲，概括更为深广。

"边让今朝忆蔡邕"一首，据"今朝"字，则自比边让，比韩蔡邕甚明。全诗言韩愈以知音赏我，为我辨"讳"，然终无补于事；思及此事，心绪茫茫，无心为诗。末言恐老死昌谷，以钓徒度此一生。

《南园》组诗，见李贺落第、辞奉礼归乡心情之复杂：自遣、自伤、自嘲、自叹，感年光之易逝，叹功业之无成；学诗而无心裁曲，入幕又体弱多病；黄石难遇，终为钓翁，其受伤之心，尚然躁动，当非潞州归来逝前之作。

浩 歌[1]

南风吹山作平地,帝遣天吴移海水[2]。
王母桃花千遍红,彭祖巫咸几回死[3]。
青毛骢马参差钱[4],娇春杨柳含细烟。
筝人劝我金屈卮[5],神血未凝身问谁[6]?
不须浪饮丁都护[7],世上英雄本无主。
买丝绣作平原君,有酒唯浇赵州土[8]。
漏催水咽玉蟾蜍[9],卫娘发薄不胜梳[10]。
看见秋眉换新绿[11],二十男儿那刺促[12]!

【注释】

1 浩歌:放声高唱。《楚辞·九歌·少司命》:"望美人兮未来,临风恍兮浩歌。"

2 天吴:水神名。《山海经·海外东经》:"朝阳之谷,神曰天吴,是为水伯。……其为兽也,八首人面,八足八尾,背青黄。"又《大荒东经》:"有神,八首人面,虎身十尾,名天吴。"

3 "王母"二句:王母桃花,《汉武帝内传》:"王母仙桃三千年一开花,三千年一生实。"彭祖,姓篯名铿,据传为帝颛顼之孙,受尧封于彭城;享高寿七百馀岁,其道堪祖,故后世尊称其为"彭祖"。刘向《列仙传》:"彭祖，殷大夫也。姓篯名铿，帝颛顼之孙，陆终氏之子。历夏至殷末，八百馀岁。常食桂枝，善导引行气，后升仙而去。"巫咸，上古传说人名，或言黄帝时之神巫，或言帝尧时之神医，或言殷中宗时之贤臣。此与彭祖并提，盖指其为神医，能采药长生者。

4　骢马：青白相杂之马。鲍照《结客少年场行》："骢马金络头，锦带佩吴钩。"

5　金屈卮：有曲柄酒器之美称，亦作"金曲卮"。王琦《汇解》："金屈卮，酒器也。"据《东京梦华录》云："御筵酒盏，皆屈卮如菜碗样，而有把手。此宋时之式，唐时式样当亦如此。"

6　神血未凝：本道教言父精母血尚未凝形。此借修炼未成，而喻功名机遇未至。《云笈七签》："《内观经》云：'天地构精，阴阳布化，人受其生。一月为胞精血凝也，二月为胎形兆胚也。'"按李义山《无愁果有愁曲》云："日暮向风牵短丝，血凝血散今谁是。"血凝，指生；血散，指死。

7　浪饮：纵酒，狂饮。浪，放纵。丁都护：即《丁督护歌》，属乐府清商曲辞，题宋武帝作。《宋书·乐志一》："《督护歌》者，彭城内史徐逵之为鲁轨所杀，宋高祖使府内直督护丁旿收敛殡埋之。逵之妻，高祖长女也。呼旿至阁下，自问敛送之事。每问辄叹息曰：'丁督护！'其声哀切，后人因其声，广其曲焉。"

8　平原君：赵国公子赵胜，因封于平原，故号平原君。为战国著名的四公子之一，门下宾客有数千人。事见《史记·平原君列传》。王琦《汇解》："古之平原君虚己下士，深可敬慕；今日既无其人，惟当买丝，绣其形而奉之，取酒浇其墓而吊之已矣！深叹举世无有能得士者。"

9　玉蟾蜍：玉雕蟾蜍壶，用作滴漏下承水之容器，亦称蟾壶。李约《岁日感怀》："曙气变东风，蟾壶夜漏穷。"贺又有《李夫人》诗云"玉蟾滴水鸡人唱"。

10　卫娘：汉武卫皇后卫子夫。《汉武故事》："子夫得幸，头解，上见其美发，悦之。"此借以代奉觞之筝妓，即上云"筝人劝我金屈卮"者。王琦《汇解》："卫娘亦是奉觞之妓。"

11　秋眉：白色之眉毛，犹秋鬓之言鬓发苍白。似贺原创，此前不曾见用。新绿：似指眉毛青黑。

12　刺促：劳碌而局促不得施展。

【解读】

诗末云"二十男儿"，又首云"南风"，则诗当元和四年（809）春末夏初作。

一至四言高山吹平，海水移位，永恒之自然亦一时突变；人世沧桑，更不知历经多少劫数，长寿如彭祖、巫咸亦不知死过多少回：不仅人生无常，天地亦未必长存！虽有愤懑，而仍多豪迈之情；感人生无常，然并不颓丧。此见贺虽落第，而心中之火未泯也。曾益曰："题云《浩歌》，故篇首为大言夸得意。然贺不遇，借以自解，而后转促矣。"(《昌谷集》)五至八言正当暮春之时，杨柳如烟，骢马冶游，筝女解忧，此自释自解之辞。"身问谁？"言自身机遇未至，又能问谁怨谁？心中之苦、之恨，愈自我劝慰而愈显情苦恨重。受毁之人，不作怨天怨人之语而以自怨，愈悲！九至十二抖擞自警，言不能纵酒听歌，一味耽乐，世上英才本就难遇知音，无人赏识，亦何止我李贺！然今世无有，惟绣像浇酒以追怀思贤识贤之古人也。有如子昂登幽州台而思燕昭！末四句言时光流逝，筝女亦已发稀，人或冀白眉变青，我二十男儿何能屈于局促不伸之境耶？

李贺遭谗毁而未得应进士试，中心愤懑苦恨，不得释放，故趁春日冶游消散遣怀。本拟借酒沃愁，忽自警自省：不当如此沉沦！全诗情感激荡，波澜起伏，有悲愤而无颓唐之气；虽心怀郁结而思抖擞振起，十分感人。首四句写山海巨变，人生短促，而意境阔大。首句"南风吹山作平地"，劈空而下，领起全诗，故虽心自悲凉而无萎靡之状。

开愁歌[1]

花下作[2]

秋风吹地百草干,华容碧影生晚寒。
我当二十不得意,一心愁谢如枯兰。
衣如飞鹑马如狗[3],临歧击剑生铜吼。
旗亭下马解秋衣[4],请贳宜阳一壶酒[5]。
壶中唤天云不开[6],白昼万里闲凄迷。
主人劝我养心骨,莫受俗物相填豗[7]。

【注释】

1 开愁:销愁。开,销释。杜甫《赠太子太师汝阳郡王琎》:"何以开我悲?泛舟俱远津。"

2 花下作:即华(山)下作。古代"花"、"华"同,今华山之"华"正音读"化"(huà),遂使不可同。如解为"花下作",则与首句"秋风吹地百草干"时令不合。又,二句云"华容",当指华山,可证;若作"花容",亦不可解。

3 飞鹑:喻指衣衫褴褛;鹑尾秃,故称。《荀子·大略》:"子夏贫,衣若悬鹑。"马如狗:言马瘦小。《后汉书·陈蕃传》:"车如鸡栖马如狗。"

4　旗亭：酒楼。因悬"酒"字旗为招，故称旗亭。

5　贳（shì）：赊欠，抵押；据"解秋衣"，此当为抵押，即秋衣质酒。《西京杂记》卷二："（司马相如）以所着鹔鹴裘就市人阳昌贳酒，与文君为欢。"宜阳：即福昌县。《旧唐书·地理志》："武德元年，改（隋）宜阳郡为熊州，改宜阳县为福昌县。"此处宜阳，当贺以地望自称，非指"宜阳美酒"。

6　"壶中"句：言向酒壶中呼唤苍天，惟见天为云蔽。《云笈七签》卷二十八引《云台治中录》："施存，鲁人。夫子弟子，学大丹之道"，"常悬一壶如五升器大，变化为天地，中有日月，如世间，夜宿其内，自号'壶天'，人谓曰'壶公'。"

7　填豗（huī）：填塞扰乱。王琦《汇解》引《唐音统签》云："填豗，俗物填塞心胸之意。"豗，"豗"之异体，为撞击之意。李白《蜀道难》"飞湍瀑流争喧豗"。

【解读】

此华山下旗亭贳酒遣愁之作。据"我当二十不得意"，诗当作于元和四年（809）秋，京师、昌谷往返途次。

一至四言秋风吹地，晚寒心愁，途次华山，惟见华容碧影，草干兰枯，感二十华年而不得意于时也。五、六言衣衫破烂，马骑瘦小，今临歧而不知所之也。《吕氏春秋·疑似》："墨子见歧道而哭之。"《论衡·艺增》："杨子哭于歧道，盖伤失本，悲离其实也。"李贺被毁，不得应试，仕宦之途堵塞，今而后正不知何所之也，故生"临歧"之叹。"剑击铜吼"，亦李白"拔剑四顾心茫然"意。七至十言击剑无以宣泄，酒或可销愁，故下马旗亭，质秋衣而贳酒；然壶中之天，亦不得见，眼前惟一片凄迷。此肺腑中搏动之极大冤情也。诗至此，情已极，故末二以平缓结之，得起伏张弛之势。言无处鸣冤，惟诉与旗亭主人，故有"主人劝我"之语。

昌谷读书示巴童[1]

虫响灯光薄，宵寒药气浓。
君怜垂翅客[2]，辛苦尚相从。

【注释】

1　巴童：李贺家僮仆为巴渝人，故称巴童。古"童"、"僮"通用。言"巴童"为童子、孩童者误。

2　垂翅客：李贺自比。此当指举进士遭毁，或辞奉礼归乡事。《东观汉记·冯异传》："垂翅回谿，奋翼渑池；失之东隅，收之桑榆。"

【解读】

巴僮为李家僮仆。此巴僮灯下为贺煎药，贺感巴僮之相从不弃而作。"垂翅客"，自喻斗败之鸟。言"君怜"，言"辛苦相从"，情意浓挚，是贺于世态炎凉中感喟之言，亦见主仆之相得。

巴童答

巨鼻宜山褐[1]，庞眉入苦吟[2]。
非君唱乐府，谁识怨秋深？

【注释】

1 褐（hè）：褐衣，粗布衣服，古多以葛、麻制成。《诗·豳风·七月》："无衣无褐。"

2 庞（máng）眉：眉毛粗重。或言为眉毛花白，以"庞"通"厐"，递而通"尨"，谓色杂。如《左传·闵公二年》"衣之尨服"，杜预注："尨，杂色。"是可训眉发花白。然长吉年仅二十，眉自不当杂色花白。

【解读】

此李贺拟巴僮之答辞。"巨鼻山褐"指巴僮，"庞眉"自指。李义山《长吉小传》云："长吉细瘦，通眉，长指爪。"此"通眉"言两眉相连或近接；而此则又见贺之双眉粗重。三、四拟巴僮之口以自矜自叹，言己之乐府，有怨苦之音；云"谁识"，实深叹无人赏识也。

铜驼悲[1]

落魄三月罢[2],寻花去东家[3]。
谁作送春曲,洛岸悲铜驼。
桥南多马客,北山饶古人[4]。
客饮杯中酒,驼悲千万春。
生世莫徒劳,风吹盘上烛[5]。
厌见桃株笑[6],铜驼夜来哭。

【注释】

1 铜驼:汉铸铜驼二枚,在洛阳旧城。《太平御览》卷一五八引晋陆机《洛阳记》云:"洛阳有铜驼街,汉铸铜驼二枚,在宫南四会道相对。俗语曰:'金马门外集众贤,铜驼陌上集少年。'"晋陆翙《邺中记》:"二铜驼如马形,长一丈,高一丈,足如牛,尾长三尺,脊如马鞍,在中阳门外,夹道相向。"

2 落魄(tuò):亦作"落拓"。穷困潦倒之意。《史记·郦生陆贾列传》:"(郦食其)好读书,家贫落魄,无以为衣食业。"

3 东家:用宋玉"东家之子"事,指代美女。宋玉《登徒子好色赋》:"天下之佳人,莫若楚国;楚国之丽者,莫若臣里;臣里之美者,莫若臣东家之子:增之一分则太长，减之一分则太短；著粉则太白，施朱则太赤。"此贺被毁落第而"寻花"遣悲。旧注多略，或为诗人讳也。

4 "桥南"二句：言桥南多走马寻春冶游之人，而北邙山墓葬则多死去之人。马客，骑马之客。饶，多，众多。古人，作古之人，死去之人。《诗·邶风·绿衣》："我思古人，俾无訧兮。"此指亡妻。

5 "风吹"句：言人生短暂，如风中之烛。《乐府诗集》卷四十一《怨诗行》："天德悠且长，人命一何促；百年未几时，奄若风吹烛。"

6 桃株笑：桃花开放。笑，喻花朵之怒放。刘知几《史通·杂说上》："今俗文士谓鸟鸣为啼，花发为笑。"

【解读】

此借铜驼之悲，以抒己心之悲。据"落魄三月罢"，当是元和四年（809）春未得应试落第归家后赴东洛时作。

一、二言失意落拓，为"寻花"遣悲至于东都。唐士子落拓失意，常北里章台，寻花问柳，寻红颜知己，慰郁结情怀，贺亦不能免俗，故有此"寻花"之拟。然贺亦感铜驼千春而人事代谢，故作此《铜驼悲》也。"桥南马客"，言生者惟知游乐；"北山古人"，言死者长埋山头。此叹生之人得乐且乐，全不念亡逝之速！七、八言游人沉醉作乐不醒，而铜驼则见人生代谢如车行水逝。九、十直指灵府：言生世短暂，何须奔劳求仕，到头来亦如风中残烛，一吹即灭。末云己因失意而来，落魄无依，故厌见桃株之笑,而铜驼亦为人世短暂却营营奔竞而悲哀。

　　此自宽自解之辞。叹己身之失意,感人命之何速;见北邙之古人,比风中之残烛;行乐者不虑百年之后,铜驼悲千春之所见:行乐者失意者终归为一,又何须感叹落魄也!

高轩过[1]

韩员外愈、皇甫侍御湜见过[2]，因而命作。

华裾织翠青如葱，金环压辔摇玲珑[3]。马蹄隐耳声隆隆[4]，入门下马气如虹[5]。云是东京才子、文章巨公。二十八宿罗心胸[6]，元精耿耿贯当中[7]；殿前作赋声摩空[8]，笔补造化天无功[9]。庞眉书客感秋蓬，谁知死草生华风[10]；我今垂翅附冥鸿，他日不羞蛇作龙[11]。

【注释】

1 高轩：高大华贵之车，古代供大夫以上乘坐。曹植《节游赋》："亢高轩以回眺，缘云霓而结疏。"徐锴《说文解字系传》："轩，大夫以上车也。"过：来访，探问。

2 韩员外愈、皇甫侍御湜见过：钱仲联《李贺年谱会笺》系于元和四年（809），云："时韩愈为都官员外郎分司东都，与皇甫湜同往访贺。贺赋《高轩过》诗。"见过，探访我。见，用于动词前，代第一称。

3 "华裾"二句：言韩与皇甫之衣着与车乘。华裾青葱，指绿色品服官袍。据《旧唐书·舆服志》，唐贞观四年规定，官员"三品以上服紫，五品以下服绯，六品七品服绿，八品、九品服以青"。此言"青如葱"，乃绿非青。韩愈时为刑部都官员外郎，皇甫湜为内供奉侍御史，皆从六品；故服绿。

4 "马蹄"句：言驷马高轩，车声如雷。隐，象声词，此指车声如雷。《后汉书·天文志》："须臾有声，隐隐如雷。"

5 气如虹：言其气度慷慨。《文选·曹植〈七启〉》："挥袂则九野生风，慷慨则气成虹霓。"

6 二十八宿（xiù）：我国古代天文星历学者将周天日、月所经天区（即所谓黄道）之恒星分为二十八个星座，称二十八宿。据《淮南子·天文训》高诱注："二十八宿：东方角、亢、氐、房、心、尾、箕，北方斗、牛、女、虚、危、室、壁，西方奎、娄、胃、昴、毕、觜、参，南方井、鬼、柳、星、张、翼、轸也。"

7 元精：精气。古代哲学家称天地之精气为元精，亦指人体内的一种精气。王充《论衡·超奇》："天禀元气，人受元精。"耿耿：光闪明亮貌。《文选·谢朓〈暂使下都夜发新林至京邑赠西府同僚〉》："秋河曙耿耿，寒渚夜苍苍。"

8 摩空：即摩天，言其声直上云天，喻指声价之高。摩，接近，迫近。

9 "笔补"句：言韩与皇甫之诗文巧夺天工，造化不如也。造化，造物主，此指自然天成。按钱锺书《谈艺录》有云："自然界无现成之美，只有资料，经艺术驱遣陶熔，方得佳观。此所以'天无功'而有待于'补'也。"

10 "庞眉"二句：言己一介书生，如无根之秋蓬，飘飞枯萎，谁知犹能遇上韩与皇甫，如遇晴明之和风，使我"死草"而有光华也。庞眉，眉毛粗重，贺自指。详见《巴童答》注2及该诗解读。华风，光风。华，光也。指雨止晴明之和风。

11 垂翅：折羽败归，李贺自比。指本年被毁未能应进士举事。详见《昌谷读书示巴童》注2。冥鸿：高飞之鸿雁，比韩与皇甫高远之才调。蛇作龙：《庄子·山木》："一龙一蛇，与时俱化。"汉东方朔《诫子》："圣人之道，一龙一蛇。形见神藏，与物变化。"

【解读】

李贺元和四年（809）为人谗毁未得应试，韩愈、皇甫湜于此后联骑访贺于东都。贺作此为谢，并抒写心志。自谓笔补造化，巧夺天工而悲怆失意，如秋蓬、死草。今日二位高轩大马而过我，实使"死草"忽生光华；或因二公之提携，俾我一附冥鸿，他日高翔远飞，则蛇化为龙矣。

《新唐书·李贺传》："（贺）七岁能辞章，韩愈、皇甫湜始闻未信。过其家，使贺赋诗；援笔辄就，如素构，自目（即自题）曰《高轩过》。二人大惊，自是有名。"按《新唐书》，欧阳修总其成，列传一百五十卷为宋祁所撰。贺七岁作《高轩过》事，实宋祁袭自王定保《摭言》。如此"正史"，竟不辨真伪，随取稗官野乘入书，其可哂也。意宋氏编纂列传，恐为下手抄撮，否则诗云"秋蓬"、"死草"、"垂翅"逃归，岂七岁孩童有是哉？

洛姝真珠[1]

真珠小娘下青廓[2],洛苑香风飞绰绰[3]。
寒鬓斜钗玉燕光[4],高楼唱月敲悬珰[5]。
兰风桂露洒幽翠[6],红弦袅云咽深思[7]。
花袍白马不归来[8],浓蛾叠柳香唇醉[9]。
金鹅屏风蜀山梦[10],鸾裙凤带行烟重[11]。
八窗笼晃脸差移[12],日丝繁散曛罗洞[13]。
市南曲陌无秋凉[14],楚腰卫鬓四时芳[15]。
玉喉潺潺排空光[16],牵云曳雪留陆郎[17]。

【注释】

1 洛姝(shū)真珠:洛阳美人名真珠。姝,美女。

2 青廓:青天。王琦《汇解》:"青廓,犹言青天,谓青而寥廓之处,喻言其人若仙姬神女自天而降者。"

3 绰绰:舒缓貌。

4 "寒鬓"句:言鬓发上斜簪之玉燕钗燿燿闪光。《洞冥记》卷二:"神女留玉钗以赠(汉武)帝,帝以赐赵婕妤。至昭帝元凤中,宫人犹见此钗。黄谦欲之。明日示之,既发匣,有白燕飞升天,后宫人学作此钗,因名玉燕钗,言吉祥也。"

5 珰(dāng):玉佩的一种。

6　兰风：拂兰之风。幽翠：指草木葱茏青翠。

7　红弦：古时筝丝染成红色，故筝弦也称红弦。白居易《夜筝》："紫袖红弦明月中，自弹自感暗低容。"

8　花袍白马：指代少年郎。花袍，花饰、美饰之袍，原指官袍或贵人之服。

9　"浓蛾"句：言黛眉紧蹙如柳叶皱叠不舒，香唇紧闭如沉醉缄默。浓蛾，犹浓黛。蛾，蛾眉。梁萧子显《乌栖曲应令》其二："浓黛轻红点花色。"

10　"金鹅"句：王琦《汇解》："望之久而所欢终不来，于是倚屏风而卧，冀如巫山神女寻襄王于睡梦之中。"蜀山梦，即巫山云雨之梦。宋玉《高唐赋》："昔者先王尝游高唐，怠而昼寝，梦见一妇人曰：'妾巫山之女也，为高唐之客。闻君游高唐，愿荐枕席。'王因幸之。去而辞曰：'妾在巫山之阳，高丘之阻；旦为朝云，暮为行雨。朝朝暮暮，阳台之下。'旦朝视之，如言。"

11　鸾裙：绣有鸾鸟的裙子。行烟重：王琦《汇解》："行烟，即行云行雨之意；重，谓不能出门以觅所望之人。"又云："娇魂殢重，未得出游。"

12　八窗：四壁窗户。笼晃：帘笼日影。晃，日光、光亮。脸差移：王琦《汇解》："晓梦初觉，睡脸才移。""脸"，或作"睑"（jiǎn），眼皮，言四壁窗户，帘栊日影在眼前移动，亦通。

13　"日丝"句：言日光透过帘栊，影细如丝，散射房中。罗洞，窗罗之细洞。

14　曲：曲巷，指妓院。曲，偏僻小巷，古时多妓院丛集处，或简言"曲"。无秋凉：王琦《汇解》曰："言无萧条冷静之景。"

15　楚腰卫鬓：本指美人，此处指妓女。楚腰，腰肢纤细。《后汉书·马廖传》："吴王好剑客，百姓多创瘢；楚王好细腰，宫中多饿死。"卫鬓，卫皇后卫子夫之发鬓。《太平御览》引《史记》曰："卫皇后字子夫，与武帝侍衣得幸，头解，见其发鬓，悦之，因立为后。"

16　窱（tiǎo）窱：通"窕窕"。形容歌声婉转。排空光：言音声凌空，直冲云霄。排，冲向。空光，阳光。李贺有《古悠悠行》云："空光远流浪，铜柱从年销。"

17　牵云曳雪：王琦《汇解》："谓揽其衣裳而留之也。"陆郎：原指陈后主宠臣陆瑜。此处指代到市南曲陌来的狎客。

【解读】

　　一至四言洛阳少女真珠有如仙女下凡，风姿绰约；独自高楼解珮为节，对月吟唱。五至八言其门外兰风桂露，沾洒幽草，暗示其独守空闺，无人问名下聘，故惟终日弹筝排忧，寄其哀怨之思。六至十二言夜来倚屏，浪作巫山云雨之想，然娇魂殢重，未得出游；一夜辗转反侧，直至日射窗纱，仍慵起梳洗。末四以市南曲巷歌妓之得意反衬洛姝之落寞。言曲陌歌院，日日欢歌，热闹异常，四季皆有赏音者相伴，盖以窈窕之媚声，牵曳之媚态而留"狎客"耳。

　　此诗比兴之意甚明。李贺盖以洛姝自比,虽心仪"花袍白马",然贞静自守,绝不作市南曲陌人媚声取悦,丑态毕露之举。而洛姝名"真珠",更以比己之真实才华,非鱼目可比,亦"遗珠弃璧"之叹。诗当作于元和四年落第东归后。

塘上行[1]

藕花凉露湿,花缺藕根涩[2]。
飞下雌鸳鸯,塘水声溘溘[3]。

【注释】

1 塘上行:为乐府旧题,属相和歌辞。《歌录》曰:"《塘上行》,古辞,或云(魏文帝)甄皇后造。"

2 "花缺"句:言莲花萎谢后,藕根枯老则味涩。按《本草纲目·果六》:"红花及野藕,生食味涩,蒸者则佳。"

3 溘(kè)溘:水波涌动声。

【解读】

《塘上行》,乐府古题,传为魏文帝甄后遭谮赐死,临终所作。《三国志·魏书·甄后传》:"(文帝)践祚之后,山阳公奉二女以嫔于魏。郭后,李、阴贵人,并爱幸,后愈失意,有怨言。帝大怒,二年六月,遣使赐死,葬于邺。"然裴松之注引《魏略》、《世语》,皆言"后之贤明,以礼自持",实为郭后等谮死。其临终赋《塘上行》,上半云:"蒲生我池中,其叶何离离。傍能行仁义,莫若妾自知。众口铄黄金,使君生别离。念君去我时,独愁常苦悲。想见君颜色,感结伤心脾。念君常苦悲,夜夜不能寐。"贺诗言"飞下雌鸳鸯",实借辞中"众口铄黄金,使君生别离"而比况生发之。李贺元和四年(809)应进士举,遭毁,竟不得试,亦"众口铄金",有类于此。此贺作《塘上行》而共鸣也,诗之比兴固甚明。

古悠悠行

白景归西山,碧华上迢迢[1]。

今古何处尽?千岁随风飘。

海沙变成石,鱼沫吹秦桥[2]。

空光远流浪,铜柱从年销[3]。

【注释】

1 白景:指日。景,同"影"。碧华:碧月之华,指月。二句言白日归山,月华升空,日夜循环未有止息。

2 秦桥:秦始皇为求仙所造之石桥。《三齐略记》:"始皇作石桥,欲过海看日出。有神人驱石下海,石去不速,神辄鞭之,石皆流血。"

3 铜柱:用汉武金铜仙人承露事。《三辅黄图·建章宫》:"神明台在建章宫中,祀仙人处,上有铜仙舒掌捧铜盘承云表之露。"

【解读】

诗言日月循环,天地长存,秦之长桥,汉之铜柱,今皆销匿无踪;与秦皇、汉武之求仙比照,言求仙之无益,以刺宪宗。

宪宗好神仙,曾问宰臣:"神仙之事信乎?"李藩力辨神仙之妄,曰:"秦始皇遣方士载男女入海求仙,汉武帝嫁女与方士求不死药，二主受惑，卒无所得。"（《旧唐书·宪宗纪》元和五年二月）又《杜阳杂编》载：宦官张惟则言于海上遇一仙神，称为宪宗之友，并托张问候宪宗，宪宗乃以己为神仙转世，甚为得意。亦元和五年事。李贺诗特点明秦皇、汉武，或即元和五年据朝廷传闻而作。

始为奉礼忆昌谷山居[1]

扫断马蹄痕，衙回自闭门。

长铛江米熟[2]，小树枣花春。

向壁悬如意[3]，当帘阅角巾[4]。

犬书曾去洛[5]，鹤病悔游秦[6]。

土甑封茶叶[7]，山杯锁竹根[8]。

不知船上月，谁棹满溪云。

【注释】

1 奉礼：即奉礼郎。官职名。昌谷：今河南宜阳县西，一名昌涧，李贺故里。

2 "长铛（chēng）"句：泛言自家炊饭。王琦《汇解》引《广韵》："铛，鼎类。"江米，江南所出米。

3 如意：器物名。古如意长三尺许，用骨、角、竹、木、玉、石、铜、铁等制成，前端作手指形。脊背痒，手所不到，以之搔抓，可如人意，故名。

4 阅：通"脱"。角巾：方巾，以其中有棱角故称。古时以为家居便冠，或借指隐士、布衣之帽饰。《晋书·王濬传》："卿旋旆之日，角巾私第，口不言平吴之事。"

5 犬书：借指书信。《艺文类聚》卷九十四引《述异记》载："陆机少时，颇好游猎。在吴，有家客献快犬，名曰黄耳……机羁官京师,久无家问,因戏犬曰:'我家绝无书信,汝能赍书驰取消息不?犬喜,摇尾作声应之。机试为书,盛以竹筒,系犬颈。犬出驿路,走向吴……迳至其家,口衔竹筒,作声示人。机家开筒取书,看毕,犬又向人作声,如有所求。其家作答书内筒中,复系犬颈。犬既得答,仍驰还洛。计人行五旬,而犬往还裁半月。"

6 鹤病:言妻子卧病。《乐府诗集·相和歌辞·古辞》:"飞来双白鹄,乃从西北来。十十将五五,罗列行不齐。妻匆卒被病,行不能相随。五里一反顾,六里一徘徊。吾欲衔汝去,口噤不能开;吾欲负汝去,毛羽何摧颓。"按,"鹄"、"鹤"通。

7 土甑(zèng):陶罐。古时甑底有孔,作蒸食炊器。此指陶制容器,如小瓮,盛物用。

8 竹根:竹根制作之酒器。庾信《奉报赵王惠酒》:"野炉然树叶,山杯捧竹根。"

【解读】

元和五年(810)春,李贺奉礼长安,居崇义里。诗殆作于五月枣花小开之时。

上半八句奉礼长安崇义里所居情景。一、二言官位低微,无车马之客,无役从可使,扫断蹄痕,然后闭门自锁。三、四言自家炊煮,谷食而已,言下夫妻分离,无妇助炊;而向晚孤子一身,惟院庭小枣一株可伴度也。五、六进一层写客况孤寂无聊:室中别无长物,惟如意悬壁;

当帘无所事事，惟角巾待脱，示己虽奉礼，实同布衣。七、八言家书往返，始知妻子卧病而未能尽夫妇之道，甚悔西游长安任此小小奉礼也！

九至十二"忆昌谷山居"。言己不在家，想陶罐茶叶已封存，竹根山杯亦锁而不用；不知连昌河上，今夜谁人于云中月下棹船赏月呢！言外有未能陪伴妻子的愧疚。

诗以寻常语写真景真情，一反驰骋想象之奇异色彩。此始奉礼长安即萌归意，故《听颖师弹琴》云："奉礼官卑复何益！"不惟不能上赡老母，而亦下不能养病妻爱弟。其最终辞去奉礼归家，实有不得已之苦衷。

拂舞歌辞[1]

吴娥声绝天[2],空云闲裴徊[3]。门外满车马,亦须生绿苔。樽有乌程酒[4],劝君千万寿;全胜汉武锦楼上,晓望晴寒饮花露[5]。东方日不破,天光无老时[6]。丹成作蛇乘白雾,千年重化玉井龟[7]。从蛇作龟二千载,吴堤绿草年年在。背有八卦称神仙[8],邪鳞顽甲滑腥涎。

【注释】

1 拂舞歌辞:乐府舞曲歌辞,本为江南民间舞曲。《晋书·乐志》:"拂舞出自江左,旧云吴舞也。"魏、晋间即采入宫廷,用于宴享,而盛行于南朝梁。舞者原手执拂而舞,隋代去拂,唐入清商乐。贺《拂舞歌辞》,《乐府诗集》作《拂舞辞》。

2 吴娥:此指吴地歌女。声绝天:言歌声嘹亮清扬。

3 "空云"句:言天空流云因歌声清扬遏而不行。

4 乌程酒:古名酒。乌程,指产地。乌程有二说,一谓豫章康乐县(今江西万载县)乌程乡,一言湖州乌程县(今浙江湖州市)。

5 "全胜"二句:言乌程美酒大胜汉武所饮云表之

露。参见《古悠悠行》注3。

6 "东方"二句：言日自东方升起而不再落，则天亦可不老。破，残，残破，此处引申指日落。鲍溶《湖上望月》："几见金波满还破，草虫声畔露沾衣。"天光，即天。张衡《东京赋》："扫朝霞，登天光于扶桑。"

7 "丹成"二句：言即便炼丹成仙，如腾蛇乘雾，骨轻飞升，而千年之后还得重化而成玉井之土灰。蛇乘白雾，传说一种飞蛇似龙能飞上天。《韩非子·难势》："慎子曰：'飞龙乘云，腾蛇游雾。'"玉井龟，言腾蛇化为玉井中神龟也。玉井，传说昆仑山有玉井，见王嘉《拾遗记》卷十。

8 "背有"句：刘衍注引《秦书》云："苻坚时，高陆人穿井得龟，大二尺六寸，背负八卦。"

【解读】

此讽宪宗服食求仙，虽借《拂舞歌辞》，而不蹈袭古意，自出机杼。诗言官贵而歌妓舞乐，宾客满堂，然人生无常，死后亦车马冷落，门前绿苔，盛况不再。即便服食金丹，化为飞蛇腾雾，然千年之后，入玉井而化为神龟；背负八卦而称神仙，亦不过邪鳞硬壳，滑涎腥秽之异物，反不如世间人之常寿为愈。通篇飞腾想象，言神仙亦不过化为异物，意象尤为奇诡。故何义门评曰："篇末讽刺之词奇甚！"姚文燮《昌谷集注》曰："宪宗求长生，贺作此诮之。"又曰："若采药以俟丹成，则为蛇、为土、为龟；

千年屡变,亦止属荒诞不经之物矣。"按,《旧唐书·宪宗纪上》:"(元和五年八月)乙亥,上顾谓宰臣曰:'神仙之事信乎?'李藩对曰:'神仙之说,出于道家……后代好怪之流,假托老子神仙之说。故秦始皇遣方士载男女入海求仙,汉武帝嫁女与方士求不死之药,二主受惑,卒无所得。文皇帝服胡僧长生药,遂致暴疾不救。古诗云:"服食求神仙,多为药所误。"诚哉斯言也。'"然宪宗不悟,故贺讽之也。诗当作于是年。

老夫采玉歌[1]

采玉采玉须水碧[2],琢作步摇徒好色[3]。

老夫饥寒龙为愁,蓝溪水气无清白[4]。

夜雨冈头食蓁子[5],杜鹃口血老夫泪[6]。

蓝溪之水厌生人[7],身死千年恨溪水。

斜山柏风雨如啸,泉脚挂绳青袅袅[8]。

村寒白屋念娇婴[9],古台石磴悬肠草[10]。

【注释】

1 老夫:老年男子,亦可自称。

2 水碧:碧玉,水晶类矿物。唐时贵水碧之玉,蓝田三十里长川产之。

3 步摇:古时妇女附于簪钗上的一种首饰。汉刘熙《释名·释首饰》:"步摇上有垂珠,步则摇动也。"

4 蓝溪:在蓝田县东南。《元和郡县图志·关内道·蓝田县》引《周礼》:"玉之美者曰球,其次为蓝。以县出美玉,故曰蓝田。"

5 蓁(zhēn)子:榛树果实,似栗而小,山民野老拾此充饥。"蓁"通"榛"。

6 杜鹃口血:言老夫哀苦流泪,如杜鹃啼血。杜鹃,鸟名,啼叫时口角有血。神话传说为古蜀帝杜宇所化。

《本草·杜鹃》李时珍曰:"蜀人见鹃而思杜宇,故呼杜鹃。"

7　厌:饱食。

8　泉脚:泉底。脚,物体之下端,如日脚、雨脚、床脚、楼脚。

9　白屋:不施色彩,显出本材之房屋,贫苦人家所居。元李翀《日闻录》:"白屋者,庶人屋也。"

10　石磴(dèng):石阶,此指山间危石。萧统《开善寺法会》:"牵萝下石磴,攀桂陟松梁。"悬肠草:一名思子蔓,古人每以喻思子或惜别。梁任昉《述异记》卷下:"悬肠草,一名思子蔓,南中呼为离别草。"

【解读】

　　此当为奉礼长安期间所作,贺或身临蓝溪,目睹玉工采玉,感而作此。诗言玉工蓝溪采玉以供贵妇们用作装饰而崖危溪深,许多玉工因此葬身水底;千年之后,其心中之恨亦难消释。诗不言恨官吏,而言恨溪水,尤为沉痛。篇末"悬肠草",又名"思子草",诗人山间即目,顺手拈来,揭示玉工青绳悬坠,不顾生死,惟念家中娇婴之啼饥受冻,千载下读之令人凄心惨切,贺诗之"理"即在"情"中。若非设身处地,感同身受,安有此构思!韦应物《采玉行》云:"官府征白丁,言采蓝溪玉。绝岭夜无家,深榛雨中宿。独妇饷粮还,哀哀舍南哭。"可与贺诗同参。

过华清宫[1]

春月夜啼鸦，宫帘隔御花[2]。

云生朱络暗，石断紫钱斜[3]。

玉碗盛残露，银灯点旧纱。

蜀王无近信[4]，泉上有芹芽[5]。

【注释】

1 华清宫：唐代行宫，在今陕西西安市。安史之乱中毁于火。

2 御花：宫禁之花，此指华清宫苑之花。

3 朱络：朱红色油漆之窗棂格子。《方言》："络，谓之格。"紫钱：幽暗之苔藓，形似钱。

4 蜀王：指唐明皇。安史乱起，潼关破，明皇于天宝十五载六月携贵妃等奔蜀，故称。近信：亲近而可信赖之人。

5 芹芽：水芹初生之嫩芽。

【解读】

此诗当为元和五至七年（810—812）奉礼长安时，过华清宫作。

上半"春月"点时，"啼鸦"即景；御花为帷帘所隔，寂寞自放。蒙眬中见阶栏断石，土苔斜卧；华清宫苑久无人迹，一片荒凉冷落景象。下半暗用铜人露盘事，幽森之气，增人黍离之悲。结自华清而及于明皇、杨妃，言玄宗身为皇帝，至无可亲近信赖之人。

"无近信"三字尤当深味之。言无有亲近可信赖之人。以至华清恩幸而成马嵬惨剧。就导致安史叛乱而言，自非仅"无近信"，而就历史事实言之，则甚确。史载安史叛军攻陷潼关，明皇携贵妃匆促奔蜀，至马嵬而兵士哗变。"近信"如御林军头子陈玄礼、太子李亨竟密谋逼明皇让国，缢死贵妃；"近信"如高力士，亦无可赖者，且力促缢妃。至德二年，明皇返长安，过贵妃墓，诏改葬，而礼部侍郎李揆坚决反对，无奈，明皇只好"密遣中使者具棺椁他葬焉。启瘗，故香囊尚在，中人以献，帝视之，凄感流涕，命工貌妃于别殿，朝夕往，必为哽唏"。（《新唐书·杨妃传》）杨玉环被缢后，只以紫褥裹尸，瘗于道侧。明皇拟为具棺椁改葬，而为近臣力排，可谓"无近信"而成孤家寡人，此李贺《过华清宫》所以深感叹也。李义山《马嵬》云："如何四纪为天子，不及卢家有莫愁！"殆与此同一机杼。

昆仑使者

昆仑使者无消息[1]，茂陵烟树生愁色[2]。
金盘玉露自淋漓[3]，元气茫茫收不得[4]。
麒麟背上石文裂，虬龙鳞下红肢折[5]。
何处偏伤万国心[6]，中天夜久高明月。

【注释】

1 昆仑使者：神话言青鸟为西王母使者。《山海经·海内西经》："西王母梯几而戴胜，其南有三青鸟，为西王母取食。在昆仑虚北。"《汉武故事》："七月七日，上于承华殿斋，正中，忽有一青鸟从西方来，集殿前。上问东方朔，朔曰：'此西王母欲来也。'有顷，王母至，有两青鸟如乌，挟持王母旁。"此言青鸟一去再未回，故曰"无消息"。

2 茂陵：汉武帝陵墓。

3 金盘玉露：详见《古悠悠行》注3。淋漓：流滴貌。

4 元气：指天地未分前的混沌之气。

5 "麒麟"二句：言汉武陵前麒麟之石雕花纹已裂，陵柱上所琢虬龙，其红漆之石肢亦已断折。

6 万国：万邦，此指唐时境内少数民族之政权。

【解读】

　　此刺汉武求仙,而讽宪宗也。言汉武求仙不惟未能长生,即坚固如陵前石刻,亦历久倾颓;虽得昆仑玉屑和云表之露,而伤小邦之心,于今亦不过中天明月下,一抔徒存耳。七、八警策,末以混茫之景结之,意尤含蓄。

仙 人

弹琴石壁上,翩翩一仙人。
手持白鸾尾,夜扫南山云[1]。
鹿饮寒涧下,鱼归清海滨。
当时汉武帝,书报桃花春[2]。

【注释】

1 白鸾尾:白鸾之尾羽。鸾,传说中为凤凰一类之神鸟。南山:终南山。在今陕西省境内。

2 "当时"二句:言仙人亦不耐寒涧清滨,听闻汉武帝好神仙,即上书告以西王母桃花开了,仙桃熟了。《汉武帝内传》:"王母仙桃,三千年一开花,三千年一生实。"桃花春,言桃花开放。春,生长、开放。

【解读】

此"仙人"当指隐士。言其人悟道修真,远离尘嚣:石壁弹琴,扫云南山,寒涧放鹿,观鱼清滨。当其悠然养静,漠然世事之时,忽探得汉武志慕神仙,招致隐士,即不甘寒涧清滨而营营奔竞,上书妄言见昆仑王母之桃花已开,桃实已结,食可成仙云;实冀朝廷招致内庭。此为官入仕,富贵食禄之术也。

三、四暗用卢藏用事,最需重看:借讽此辈原非真隐，不过工于心计，走"终南捷径"耳。《新唐书·卢藏用传》："（藏用）始隐山中时，有意当世，人目为'随驾隐士'。晚乃徇权利，务为骄纵，素节尽矣。司马承祯尝召至阙下，将还山，藏用指终南曰：'此中大有嘉处。'承祯徐曰：'以仆视之，仕宦之捷径耳。'藏用惭。"姚文燮《昌谷集注》曰："元和朝，方士辈竞趋辇下，帝召田伏元入禁中。"以为贺诗即讽此辈；以诗证史，可以酌参。如此，则当为元和五年（810）作。

弹琴石壁，手持鸢尾，为假隐士图形写意，鲜明活脱，"扫"字炼字尤佳。

李凭箜篌引[1]

吴丝蜀桐张高秋[2],空山凝云颓不流[3]。
湘娥啼竹素女愁[4],李凭中国弹箜篌[5]。
昆山玉碎凤凰叫,芙蓉泣露香兰笑[6]。
十二门前融冷光[7],二十三丝动紫皇[8]。
女娲炼石补天处,石破天惊逗秋雨[9]。
梦入神山教神妪[10],老鱼跳波瘦蛟舞[11]。
吴质不眠倚桂树[12],露脚斜飞湿寒兔[13]。

【注释】

1 李凭:梨园乐师,工弹箜篌。箜篌:古时之拨弦乐器,有卧箜篌与竖箜篌两种。卧式七弦,竖式二十三弦。诗云"二十三弦动紫皇",则李凭所弹为竖箜篌。《箜篌引》为乐府《相和六引》之一,亦名《公无渡河》。引:古代乐曲体式之一种,有序奏之意。

2 吴丝蜀桐:以吴地所产之蚕丝作琴弦,以蜀地所产之桐木作琴身,此美李凭所弹之箜篌。王琦注:"丝之精好者出自吴地,故曰吴丝;蜀中桐木宜为乐器,故曰蜀桐。"王粲《七哀诗》:"丝桐感人情,为我发悲音。"张:乐器上弦,调谐弦声。此处指弹奏。高秋:深秋。

3 "空山"句:言空山之上云彩堆叠、聚集,为乐音所感,不再流动,亦"响遏行云"之意。见《列子·汤问》。颓,通"堆",堆叠、聚集。

4 湘娥啼竹:湘娥即湘妃,湘水女神,亦称湘夫人。张华《博物志》:"舜之二妃曰湘夫之,舜崩,二妃以涕挥竹,竹尽斑。"。素女愁:言素女闻李凭箜篌之声,感于心而悲也。素女,传为上古神女,善弹瑟。

5 中国:京师、京城,指长安。

6 "昆山"二句:王琦《汇解》:"玉碎,状其声之清脆;凤叫,状其声之和缓;蓉泣,状其声之惨淡;兰笑,状其声之冶丽。"昆山,昆仑山。《韩诗外传》:"玉出于昆山。"

7 十二门:古代京城东南西北四面各三座城门,合十二门。融冷光:为"冷光融"之倒文,言月色融融。融,融融,明媚、明亮貌。冷光,月光。

8 紫皇:道教传说中最高之神仙,此借指皇帝。《太平御览》卷六百五十九引《秘要经》:"太清九宫,皆有僚属,其最高者,称太皇、紫皇、玉皇。"

9 女娲炼石:神话传说中人类的始祖女娲,曾用黄土造人,炼五色石补天。见《淮南子·览冥训》。逗秋雨:言引得秋雨骤降。逗,引,招引、引来。

10 "梦入"句:梦,指李凭沉醉在迷人的乐声幻景,似进入神山教成夫人弹奏箜篌。

11 "老鱼"句:言李凭乐声精妙,引得鱼跃蛟舞。

12 吴质:即吴刚。姚文燮《昌谷集注》卷一引明何孟春《馀冬序录》云："吴刚字质，谪月中斫桂。"

13　露脚斜飞：为诗人想象之辞，拟想乐声引得露珠在天上飞舞，故云"湿寒兔"。脚，喻指物象之下部、底部，参见《老夫采玉歌》注8。按，露水、露珠乃地面水气遇冷凝成，非自天空飞落。寒兔：秋月。以传说月中有玉兔故称。

【解读】

据"李凭中国弹箜篌"、"十二门前融冷光"，诗当元和六七年暮秋作于长安。一句点时，二、三言音情感物，动人心魄；四句始云"李凭中国弹箜篌"。先写乐声之美，后点出谁人弹奏，此似倒文，实点睛之妙笔。以下六句多方描摹音声之精美绝伦。五、六"玉碎"，状其声之清亮和鸣；"凤叫"，美其声之悠然纤细；"蓉泣"，比其声之哀伤怨断；"兰笑"，喻其声之冶丽悦人。七、八言当此月色融融之夜，箜篌之声传入宫禁，皇帝也不禁动容。九、十又自人间至于天上，音声之美，惊破天空，引得秋雨骤至。《韩非子·十过》："（师旷鼓琴）一奏之，有玄云从西北方起，再奏之，大风至，大雨随之。"句用此，而想象过之。

末四句诗人拟想李凭一边弹奏，一边沉入音乐的神妙境界：他进入了神天仙境，传教箜篌又进入月宫，见吴刚冒着秋寒，倚桂静听，沉醉于美妙音乐中。

李凭为唐代著名乐师，擅弹箜篌，除供奉朝廷外，亦常为士大夫演奏。李贺、杨巨源外，顾况也曾作《李供奉弹箜篌歌》，以72句长歌的写实手法，称美"李供奏，仪容质，身材稍稍六尺一"，"指剥葱，腕削玉"，"弹尽天下崛奇曲"。李贺则以奇特的想象，丰富的联想，忽而天上，忽而人间；忽而湘水，忽而昆山；忽而神山，忽而广寒；凝云、泣露、玉碎、凤叫、蛟舞、鱼跃，跨度巨大，情绪激越而气足神完。"结句即景，零露夜滴，凉月微茫，时何闲暇"（曾益《昌谷集》），此篇终接混茫也。

送沈亚之歌 并序

文人沈亚之[1],元和七年以书不中第[2],返归于吴江[3]。吾悲其行,无钱酒以劳,又感沈之勤请,乃歌一解以送之[4]。

吴兴才人怨春风[5],桃花满陌千里红。
紫丝竹断骢马小[6],家住钱塘东复东。
白藤交穿织书笈[7],短策齐裁如梵夹[8]。
雄光宝矿献春卿[9],烟底蓦波乘一叶[10]。
春卿拾才白日下[11],掷置黄金解龙马[12]。
携笈归家重入门,劳劳谁是怜君者[13]。
吾闻壮夫重心骨[14],古人三走无摧捽[15]。
请君待旦事长鞭,他日还辕及秋律[16]。

【注释】

1 沈亚之:李贺同时诗人,吴兴(今浙江湖州)人。《全唐诗》卷四百九十三:"沈亚之,字下贤,吴兴人,登元和十年(815)进士第。历殿中侍御史、内供奉。太和初,为德州行营使柏耆判官。耆贬,亚之亦谪南康尉。终郢州掾。"

2 书：指书学考试。唐代科举有进士、明经、礼、史科、童子科、明法、书学、冥学等。《新唐书·选举志上》："凡书学，先口试，通，乃墨试《说文》、《字林》二十条，通十八为第。"元和七年，沈以书学试而不第。

3 吴江：吴淞江。《读史方舆纪要·江南六》："吴江，在（吴江）县东门外即长桥下，分太湖之流而东出者，古名笠泽江，亦曰松陵江，亦曰松江。"以与吴兴地近，故贺通称之。

4 解：乐曲、诗文之章节，一章谓之一解。

5 吴兴才人：指沈亚之。吴兴，今浙江湖州。

6 紫丝竹：系有紫丝缰绳之马鞭。《乐府诗集·清商曲辞六·青骢白马》："青骢白马紫丝缰，可怜石桥恨柏梁。"

7 书笈（jí）：书箱，多以竹藤编织之。

8 梵夹：佛书以贝叶作书，叶重叠，以板木夹两端，以绳穿结，故称梵夹，亦作梵荚、梵筴。此指用板夹两端，以绳穿结之书籍装帧样式。

9 春卿：周春官为六卿之一，掌邦礼，后因称礼部长官为春卿。

10 "烟底"句：写乘船。烟，指江上水气。骞波，跨越江河，指乘舟。骞，跨越。一叶，小舟。

11 拾才：选取人才。拾，捡取，此处义"选取"。

12 龙马：骏马。《周礼·夏官·廋人》："马八尺以上为龙。"

13　劳劳：哀愁伤感貌。劳，愁苦、忧伤。

14　壮夫：大丈夫，豪壮之士。心骨：犹心、内心。

15　三走：三度败走，此指多次失败。《史记·管晏列传》："吾（管仲）三战三走，鲍叔不以我为怯，知我有老母也。"摧捽（zuó）：摧败、挫伤。

16　秋律：秋季。古人以四季与十二律相配，故称秋季为秋律。

【解读】

《通典》："大抵选举人以秋初就路，春末方归。"诗言"怨春风"、又"桃花满陌"，则贺送亚之，当即元和七年（811）春暮。

首六句送别情景，极言其失意孤寂。以下六句言沈不远千里，至于京师，而礼部春卿不能识才，为鸣不平；拟想其归家之时，更无人理解、同情。末四以勖勉之辞作结，言人生重在心志、意气，等待秋日，长鞭还辕，再至京师一搏。

唐人多有送人下第诗，或表以同情；或言春官未能识才，为鸣不平；更多则于诗中寄以勖勉。李贺《送沈亚之歌》，三者兼具，见诗人与沈非泛泛之交也。

宫娃歌[1]

蜡光高悬照纱空,花房夜捣红守宫[2]。
象口吹香毾㲪暖[3],七星挂城闻漏板[4]。
寒入罘罳殿影昏[5],彩鸾帘额著霜痕。
啼蛄吊月钩阑下[6],屈膝铜铺锁阿甄[7]。
梦入家门上沙渚,天河落处长洲路[8]。
愿君光明如太阳,放妾骑鱼撇波去。

【注释】

1 宫娃歌:宫中美人歌。娃,美女。《广雅》:"吴俗谓好女曰娃。"

2 "花房"句:旧传将饲以朱砂的守宫捣烂,用以点少女肢体防其不贞。守宫,俗称壁虎,或名蝎虎、蜥蜴、蝘蜓。张华《博物志》卷四:"蜥蜴或名蝘蜓,以器养之,食以朱砂,体尽赤,所食满七斤,治捣万杵,点女人支体,终身不灭。惟房室事则灭,故号守宫。"

3 象口:大象形铜香炉之出烟口。按古时贵家薰香用各种涂金之兽形禽状香炉,或称"金兽",蟾形称"金蟾",鸭形称"金鸭",狻猊形则称"金猊"。毾㲪(tà dēng):绣有彩文的细毛毯,亦称毛席。

4 七星:北斗星。漏板:随更漏击以报时之铜板。

漏,亦称滴漏、箭漏、漏刻,古代计时之器。以铜壶盛水,底穿一孔,壶中立箭,上刻度数;壶中水因滴漏而渐减,箭上所刻亦渐次显露,即可知时刻。

5 罘罳(fú sī):设在屋檐或窗上以防鸟雀之丝绳网。段成式《酉阳杂俎续集·贬误》:"士林间多呼殿榱桷护雀网为罘罳。"

6 啼蛄吊月:言蝼蛄对月哀鸣。蝼蛄,一种昆虫,生活在泥土中,昼伏夜出,以植物嫩茎为食,俗称蜊蜊蛄。钩阑:曲折如钩之栏杆,亦作钩栏。

7 屈膝:亦作屈戌,门窗、橱柜和屏风上的环纽、搭扣,即铰链。陶宗仪《辍耕录·屈戌》:"今人家窗户设铰具,或铁或铜,名曰环纽,即古金铺之遗意,北方谓之屈戌,其称甚古。"王琦《汇解》:"屈膝是门与柱相交处之拳钉,其形折曲,若人膝之屈者然,故曰屈膝。"按唐时即屈膝、屈戌并用。铜铺:铜铺首,门上的衔环兽面,常作虎、螭、龟、蛇等形状,多为金属铸成。阿甄:三国魏文帝曹丕后,本为袁绍子袁熙妻。曹操破绍,曹丕见其姿貌绝伦而纳之,生子曹叡。曹丕称帝,甄后以失宠怨望赐死。及叡为帝,上尊谥曰文昭皇后。此指代被锁闭之宫女。

8 长洲:长洲县,唐时属江南道苏州府。

【解读】

此为锁闭宫女代诉幽怨,曾益云:"宫人怨旷愿去之词。"(《昌谷集》)一至八句写宫女每于夜间为宫规禁锢锁闭,孤栖不眠。八句中无一语言"宫娃",而写尽"宫娃"幽闭之苦。此李贺绘声绘影之妙笔:守宫捣杵,更深漏板,秋风入户,啼蛄吊月,此皆静夜之"声";烛灯高悬,象口吹烟,七星挂城,鸾帘著霜,此皆静夜之"影"。绘声绘影,无一不烘托"宫娃"之孤单寂寞,哀怨忧思。九至十二写"宫娃"梦境及梦后之所思:她走上沙渚,进入家门;天河落处,即是长洲故里。然一觉惊醒,却仍身闭宫禁;但愿皇上如日之光,放己回返故乡。因长洲江南水乡,须走水路始能归家,故以"骑鱼撇波"为喻,亦以暗示只有放出宫门,始能如鱼之在水,成自由之身。

唐代与历朝宫廷一样,"后宫佳丽三千人"。许多宫女自少女入宫,而老死宫中。元稹《行宫》诗云:"寥落古行宫,宫花寂寞红。白头宫女在,闲坐说玄宗。"可与此同参。

上云乐[1]

飞香走红满天春,花龙盘盘上紫云[2]。
三千宫女列金屋[3],五十弦瑟海上闻[4]。
天江碎碎银沙路,嬴女机中断烟素[5]。
断烟素,缝舞衣,八月五日君前舞[6]。

【注释】

1　上云乐:乐府清商曲辞,梁武帝作。古题七曲,曲辞皆言神仙之事。贺诗借其题而言宫中献寿事。

2　盘盘:曲折萦绕貌。此喻宫中烟香彩雾盘绕而上。紫云:紫色之云,古以为祥瑞之兆。此言宫禁中之祥云。

3　金屋:华美之屋,指宫女所居;亦指藏娇之屋,见《汉武故事》。

4　五十弦瑟:据传古瑟五十弦,素女所弹。《史记·封禅书》:"泰帝使素女鼓五十弦瑟,悲,帝禁不止,故破其瑟为二十五弦。"按,五十弦古瑟当为传说,古籍记载除《史记》外,惟《汉书·郊祀志》及《世本》(《通典·乐四》引同)。唐瑟二十五弦,今瑟则有二十五弦、十六弦两种。

5　"天江"二句:言天河中繁星密布如碎碎银沙,织女亦已织成如烟之薄绢。天江,天河。银沙,银白色沙粒,此借比银河中之繁星。嬴女,原指秦穆公女弄玉,秦嬴姓，此指代宫女；长安古秦地，故以嬴女称。

6　八月五日：此为明皇生日，借指宪宗元和千秋节。《旧唐书·玄宗纪上》："（则天）垂拱元年（685）秋八月戊寅（五日），生于东都。"此从胡震亨说。

【解读】

此借题写宫中忙碌，拟为宪宗献寿事，李贺奉礼太常，故知之甚详。

诗言为迎千秋节，宫中张灯结彩，飞香走红；宫女均妆梳齐整，罗居华屋，以待圣上之恩幸；梨园乐师亦弹琴鼓瑟，声闻于外。

或云此刺宪宗之纵情声色，亦备一说。

杨生青花紫石砚歌[1]

端州石工巧如神,踏天磨刀割紫云[2]。
佣刓抱水含满唇[3],暗洒苌弘冷血痕[4]。
纱帷昼暖墨花春,轻沤漂沫松麝薰[5]。
干腻薄重立脚匀,数寸光秋无日昏[6]。
圆毫促点声静新[7],孔砚宽顽何足云[8]。

【注释】

1　杨生:不详,疑为李贺友人杨敬之。贺诗有《出城寄权璩杨敬之》。李商隐《李长吉小传》云:"所与游者,王参元、杨敬之、权璩、崔植辈为密。"按,杨敬之,宪宗元和二年(807)进士。柳宗元《与杨京兆凭书》童宗说注:"杨凌子敬之,字茂孝,常为《华山赋》,韩愈称之,中元和二年进士。"青花紫石砚:指有鸲鹆(俗称八哥)眼斑纹的紫色端砚;其"眼"大如五铢钱,小如芥子,形如八哥之眼,外有晕,故称"青花"。

2　端州:在广东高要县。《砚谱》:"世传端州有溪,因曰端溪。其石为砚至妙,益墨而至洁。"紫云:指深紫色之端石。王琦云:"登最高顶而取其紫色之石,一如登天而割紫云。"

3　"佣刓(chōng wán)"句:言剜刻齐整,砚槽水满沿边。佣,均平、齐整。刐,剜镂,刻削。唇,物之边缘,此指砚槽之沿边。

4 "暗洒"句:言砚台隐现青紫色之雏眼,如苌弘之血化为碧玉。苌弘,周景王时大臣刘文公大夫,刘文公与晋卿范氏世为婚姻,在晋卿内讧中,苌弘支持范氏。后周讨范氏,苌弘被杀。据传其死后三年,血化为碧玉。

5 "纱帷"二句:言帷内春昼日暖,墨花似春花开放,砚上水泡轻浮,散发着松麝之清香。轻沤(ōu),水中轻细的浮泡。

6 "干腻"二句:言墨磨之处,不论水干、水湿,轻磨、重磨,墨脚与砚池触处皆均平匀整,而墨汁如秋光澄澈,无丝毫浑浊。腻,粘腻,滑泽。

7 "圆毫"句:言以笔试墨,其声静细,清新而不粘滞。

8 孔砚:指孔子生前所用之砚台。《初学记》卷二十一:"《从征记》曰:'鲁国孔子庙中,有石砚一枚,盖夫子平生时物。'"

【解读】

此美端砚,亦赞叹端州之石工。或言题中"杨生"即端州石工,非是。盖言杨生有此青花紫砚,贺见而作此。

一至四言端州石工神巧天工。五至八言墨磨之后,砚面皆均平齐整,砚水则如秋光澄澈。末二言圆毫试墨,即便"孔砚",亦不可比。

孔子生当春秋末世,时尚未有毫纸砚墨。言孔有石砚,实为后世杜撰。《从征记》先言砚存鲁国孔庙,继而言置于孔子床前,已是前后扞格。而唐王嵩岳且有《孔子石砚赋》,以为"古石犹在,今人尚传"。大约唐之"孔砚",李贺当亲眼所见,故能言其"宽顽"、"何足云",则贺实悫诚。或言末句见其"非孔",此拔高,非是。

听颖师弹琴歌

别浦云归桂花渚[1],蜀国弦中双凤语[2]。
芙蓉叶落秋鸾离,越王夜起游天姥[3]。
暗佩清臣敲水玉[4],渡海蛾眉牵白鹿[5]。
谁看挟剑赴长桥[6],谁看浸发题春竹[7]?
竺僧前立当吾门[8],梵宫真相眉棱尊[9]。
古琴大轸长八尺[10],峄阳老树非桐孙[11]。
凉馆闻弦惊病客,药囊暂别龙须席[12]。
请歌直请卿相歌,奉礼官卑复何益?

【注释】

1 别浦:原为河流入江海之处,此借指天河。

2 蜀国弦:指蜀桐所制之琴,非乐府相和歌辞名。参见《李凭箜篌引》注2。双凤语:指雌雄双凤和鸣,以状其琴声协音和舒。

3 天姥:山名,在今浙江新昌县东,东接天台山华顶峰,西连沃洲山,最高峰曰拨云尖。

4 清臣:清廉之臣子。水玉:水晶(精)古称水玉。

5 "渡海"句:似言女仙牵神鹿而渡海,以喻琴音之凌空飞声,用事未详。

6 挟剑长桥:言琴音激越如周处挟剑于长桥刺蛟。

《初学记》卷七引晋祖台之《志怪》:"义兴郡溪渚长桥下,有苍蛟吞啖人,周处执剑桥侧,伺久之,遇出。于是悬自桥上,投下蛟背,而刺蛟数疮,流血满溪,自郡渚至太湖勾浦乃死。"按,长桥,在今江苏宜兴市,建于东汉,因周处刺蛟,故又名蛟桥;桥跨荆溪,又名荆溪桥。

7 浸发:言琴音如张旭醉后以发浸墨而狂草,淋漓酣畅。《宣和书谱》:"张旭喜酒,叫呼狂走方落笔。一日酣醉,以发濡墨作大字,既醒视之,自以为神,不可复得。"

8 竺僧:天竺僧,即僧侣,以初时僧侣多来自天竺故称。此指颖师。

9 梵宫:原指梵天之宫殿,后多借指佛教寺庙。真相:佛教称本相、实相为真相。

10 古琴:指传世久远之琴。轸(zhěn):弦乐器上系弦线之小柱,转动以调节琴弦之松紧,使弦音高低协律。古琴一端有岳支撑琴弦,其下有琴轸用以调弦之音高,琴面十三个琴徽则是弦上音位之标识。

11 峄阳老树:梧桐树,此指山东峄山南坡所生之桐木。峄山,又称邹山、邹峄山,在山东邹县东南;阳,山之南曰阳。《尚书·禹贡》:"峄阳孤桐。"孔颖达传:"峄山之阳,特生桐,中琴瑟。"古时以峄阳之桐为制琴之上好材料。

12 龙须席:以龙须草茎所织之席。

【解读】

　　据"竺僧"一联，颖师当是释教中人。《昌黎集》亦存《听颖师弹琴》诗，盖二人同题之作。虽附"外集"，而皆以为"真本无疑"（方扶南《李长吉诗集批注》）。

　　上半八句极状颖师琴艺之高，琴音之美。前六状其声，与《李凭箜篌引》以物拟声、通感移觉同一手法；后二言其指法，"挟剑"、"浸发"，只是琴法而非箜篌。

　　下半前四叙颖师来访，赞誉其琴之精美。末四听后抒怀，言己衰病之身，闻琴声而全除，居然暂别药囊，离席起坐；然颖师倩人作歌以美之，当请卿相高位之人，如我奉礼官卑，何能为师增价？据"请歌"二字，似颖师特意登门弹琴求诗，求贺闻琴后作歌以增重，是可见李贺歌诗在京师之声价。此元和四年（809）至七年奉礼长安时作。

难忘曲[1]

夹道开洞门[2],弱杨低画戟[3]。
帘影竹华起,箫声吹日色[4]。
蜂语绕妆镜,拂蛾学春碧[5]。
乱系丁香梢[6],满栏花向夕。

【注释】

1 难忘曲:乐府相和歌辞清调曲。《乐府诗集》卷三十四:"《相逢行》,一曰《相逢狭路间行》,亦曰《长安有狭斜行》……唐李贺有《难忘曲》,亦出于此。"按古辞《相逢行》云:"相逢狭路间,道隘不容车。不知何年少,夹毂问君家。君家诚易知,易知复难忘。"贺题《难忘曲》当本此。

2 夹道:两堵墙壁间之小通道,犹夹巷。洞门:夹道两墙间相对可通之门。洞,通、相对。

3 画戟(jǐ):仪仗名,以有彩色故称。唐时三品以上之官,皆列画戟于门,以为仪饰,称戟门或画戟门,后泛指显贵之家或显赫之官署。

4 "帘影"二句:王琦《汇解》:"竹华,谓帘竹之花纹。起者,因风荡摇而其纹见也。二句言室中之沉静。"姚文燮《昌谷集注》:"竹华起,卷湘帘也。吹日色,送斜阳也。"

5　拂蛾：画眉。拂，装饰打扮。

6　乱：纷繁、弥漫意。

【解读】

　　此闺怨也，写贵家女子深闺寂寞，怨望之辞。一句言夹门洞开，候人之象；二句门外弱杨列戟，示其为显贵之家。三承一句，言久候未至，则卷帘瞻望；四句用萧史事，言日色将昏时，忽闻远处箫声。五句急返身向内，对镜弄妆。"蜂语"句绝妙，言其姿容如花，蜂亦为之所惑，绕镜嗡嗡。江淹《别赋》："春草碧色，春水绿波；送君南浦，伤如之何！"暗示日前送欢南浦，今或当返，故黛绿画眉如春草碧色也。唐时女子黛眉以绿，故《三月过行宫》有"风娇小叶学娥妆"之句。末"乱系丁香梢"，言丁香花缀于枝梢，纷繁弥漫。旧注咸以"乱"作"淫乱"解，故言此诗诮襄阳公主或刺红杏出墙，皆非。

屏风曲

蝶栖石竹银交关[1],水凝鸭绿琉璃钱[2]。
周回六曲抱膏兰[3],解鬟镜上掷金蝉[4]。
沉香火暖茱萸烟[5],酒觥绾带新承欢[6]。
月风吹露屏外寒,城上乌啼楚女眠[7]。

【注释】

1 石竹:多年生草本植物,高一二尺,夏日茎顶开花,有深红、浅红、白色等,可供观赏;常镌屏风或绣罗衣上以为装饰。或言石与竹,非。银交关:即银制之铰链,以连接六曲十二屏屏风。交关,开合之关钮,犹今之铰链。

2 鸭绿:喻水色如鸭头之浓绿,亦作"鸭渌"。琉璃钱:以琉璃制作之钱形小荷,嵌绿水之上,亦屏风之画幅。按,形状似铜钱之花叶常以钱为喻,如榆钱、绿钱(苔钱)、荷钱等。

3 六曲:屏风,唐时屏风多六曲十二扇。膏兰:以兰香炼制之油脂,可作灯油。亦作"兰膏"。

4 金蝉:古代妇女用金色蝉形贴面额之饰物。王琦《汇解》:"金蝉,首饰之类。"

5 沉香:沉木香,亦称沉水香。《南史·林邑国传》:"沉木香者,土人斫断,积以岁年,朽烂而心节独在,置水中则沉，故名曰沉香。"茱萸烟：室内燃点茱萸之烟雾，使屋中暖和且充满香气。

6 "酒觥（gōng）"句：言新婚。古以锦带绾结酒器，男女各饮一杯，以示结为夫妇。觥，盛酒之器，也可代酒杯。承欢，原谓迎合以求欢心。后以指代新婚，妻子曲承丈夫之欢心。

7 "月风"二句：言屋外风寒，城上乌啼哀鸣，楚女思夫而无眠。乌啼，双关，亦借《乌夜啼引》琴曲以寓哀怨。楚女，泛指思夫之贫女。

【解读】

诗分前六后二：前六句极写屏内贵妇新婚之奢乐；末二陡转，写屏外贫女露宿。老杜云："朱门酒肉臭，路有冻死骨。"《屏风曲》亦以朱门、贫女两相对照。三、四写贵妇照镜解囊卸妆，随手将额上金蝉掷入奁中。细节描写，具象可感，极现娇嗔之态。

此诗屏内、屏外，贵妇、楚女对照写，前者为主，后者是宾，前者实写，后者虚写；前者详尽刻画，后者略事勾勒，两相映衬，绝妙笔墨！

此或奉礼长安时作，姑附。

贾公闾贵婿曲[1]

朝衣不须长，分花对袍缝[2]。

嘤嘤白马来，满脑黄金重[3]。

今朝香气苦，珊瑚涩难枕[4]。

且要弄风人[5]，暖蒲沙上饮。

燕语踏帘钩，日虹屏中碧[6]。

潘令在河阳[7]，无人死花色[8]。

【注释】

1　贾公闾：晋太尉贾充字公闾。贵婿：指韩寿。《晋书·贾谧传》："（韩寿）美姿貌，善容止，贾充辟为司空掾。充每宴宾僚，其女辄于青琐中窥之，见寿而悦焉。问其左右识此人否，有一婢说（韩）寿姓字，云是故主人。女大感想，发于寤寐。婢后往寿家，具说女意，并言其女光丽艳逸，端美绝伦。寿闻而心动，便令为通殷勤。婢以白女，女遂潜修音好，厚相赠结，呼寿夕入。寿劲捷过人，逾垣而至，家中莫知，惟充觉其女悦畅异于常日。时西域有贡奇香，一著人则经月不歇，帝甚贵之，惟以赐充及大司马陈骞。其女密盗以遗寿，充僚属与寿宴处，闻其芬馥，称之于充。自是充知女与寿通……充秘之，遂以女妻寿。"

2　朝（cháo）衣：古时官员上朝时之礼服。袍缝（fèng）：衣袍两片缝合之处，俗称衣缝。

3　"嘤嘤"二句：言"贵婿"之白马，以金、玉络脑，碰撞发声嘤嘤。嘤嘤，象声词。陈琳《神女赋》："鸣玉鸾之嘤嘤。"即下句言"满脑黄金重"之碰击声。满脑，指马络脑、马络头。

4　珊瑚：此指珊瑚所制之枕。

5　弄风人：卖弄风淫之人，指歌舞伎、娼女一类。弄，逗引、卖弄。风，风淫。王琦《汇解》："'弄风'，即行云行雨之意。二句似指其挟妓宴饮，或谓'弄风人'指贾女言者，恐非是。"

6　燕语：喻指妙龄女子之欢声谑语。日虹：此用虹化为女事，故云"屏中碧"。《类说》卷四十引焦潞《稽神异苑·虹化为女子》："《江表录》：'首阳山有晚虹，下饮溪水，化为女子。明帝召入宫，曰：我仙女也，暂降人间。帝欲逼幸，而有难色，忽有声如雷，复化为虹而去。'后即以虹女指称美女。"两句写帐帏中事。

7　潘令：晋河阳令潘岳。《晋书·潘岳传》："岳美姿仪……少时常挟弹出洛阳道，妇人遇之者，皆连手萦绕，投之以果，遂满车而归。"

8　花色：喻容色美丽，此指美人。

【解读】

此借贾充贵婿韩寿而刺显贵公子之始乱终弃者。姚文燮《昌谷集注》言"追诮李林甫",似不可坐实。

一、二言贵婿之衣饰;三、四言贵婿之乘骑;五、六言贵婿之厌倦,情之突变;七、八言终至邀妓狎游;九、十言其可诮者,更挟妓入室。"燕语踏钩",状妓之浪谑笑语;"日虹入屏",状其云雨交欢。末二转从对面落笔,言贵婿始乱终弃。钱锺书《谈艺录》释末二句云:"谓无人堪偶,红颜闲置如死,或芳容坐老至死。"甚是。

冯小怜[1]

湾头见小怜[2],请上琵琶弦。
破得春风恨,今朝值几钱[3]?
裙垂竹叶带[4],鬓湿杏花烟。
玉冷红丝重[5],齐宫妾驾鞭[6]。

【注释】

1 冯小怜:冯淑妃,名小怜,北齐后主高纬之妃。"慧黠能弹琵琶,工歌舞。后主惑之,坐则同席,出则并马,愿得生死一处。"(《北史·冯淑妃传》)

2 湾头:水湾之边。

3 "破得"二句:言小怜先后为后主纬及代王达所宠,是所谓破得春风之恨;然后又被逼令自杀,则今朝所值几何?春风,喻帝王恩泽。按,《北史·冯淑妃传》:"及帝(指后主)遇害,以淑妃赐代王达,甚嬖之。淑妃弹琵琶,因弦断,作诗曰:'虽蒙今日宠,犹忆昔时怜。欲知心断绝,应看胶上弦。'达妃为淑妃所谮,几致于死。隋文帝将赐达妃兄李询,令著布裙配春。询母逼令自杀。"或云"破"双关,绾合大曲入破之繁音急节以比小怜琵琶之声而解"春风"之恨,亦备一说。

4 竹叶带:以竹叶之形、色织锦,裁之为带。

5 "玉冷"句:言雪天寒冷,马行迟缓。玉冷,雪寒也。玉，喻雪。萧统《黄钟十一月启》："彤云垂四面之叶，玉雪开六出之花。"红丝重，言马行迟缓。红丝，本赤骠马之尾，此泛指骏马。重，迟缓。

6 "齐宫"句：言小怜随后主猎于三堆，又于城上并骑观战，奔邺，奔青州诸事。《北史·冯淑妃传》："周师之取平阳，帝猎于三堆，晋州亟告急，帝将还，淑妃请更杀一围，帝从其言。"又："及帝至晋州，城已欲没矣"，"召淑妃共观之"，"与之并骑观战"。又："帝奔邺，太后后至，帝不出迎；淑妃将至，凿城北门出十里迎之。复以淑妃奔青州。"

【解读】

据"湾头见小怜"句，可知不纯为咏史。意贺于某水曲处（如曲江之曲）见女伶某，感其身世而作。其人初或在禁内，曾先后获二主宠幸，后放出宫禁，流落民间为伶。然事不可考矣。

诗借冯小怜叹女伶今昔之变：昔日受宠，宫中行马，于今落泊，不值几钱。冷峻中寓伤今之叹。老杜《丹青引》云"于今为庶为清门"，与此同慨。

"玉冷红丝重"，旧注皆揣臆无据。予解亦一家言，仅供参阅。

谣 俗

上林胡蝶小[1],试伴汉家君。

飞向南城去, 误落石榴裙[2]。

脉脉花满树, 翾翾燕绕云[3]。

出门不识路, 羞问陌头人。

【注释】

1 上林:秦旧苑,汉初荒废,汉武时重建。《三辅黄图·苑囿》:"汉上林苑,即秦之旧苑也。《汉书》云:'武帝建元三年,开上林苑,东南至蓝田、宜春、鼎湖、御宿、昆吾,傍南山而西,至长杨、五柞,北绕黄山,滨渭水而东,周袤三百里。'离宫七十所,皆容千乘万骑。"后世每泛指帝王园囿。

2 石榴裙:红色裙子,亦泛指女子之裙裾。

3 脉脉:凝视貌。翾(xuān)翾:小飞,轻飞。

【解读】

此上林之"蝴蝶",自是宫女之流。言"试伴"者,未为所幸也。"飞向"云云,似指放出宫禁至于城南安置。然自小入宫,忽而放出,未谙世事,又误入烟花。"石榴裙"误脱,意甚明。姚文燮《昌谷集注》云:"此盖咏初入教坊者。试伴汉君,未工悦媚也;误落石榴,深自愧悔也。自入烟花,尚尔腼腆,故出门以问路为惭。"

此《外集》最末者,方扶南《李长吉诗集批注》以为伪托,无据。此贺诗之另一体格。平易而深于情者,钟惺评曰:"乐府妙境!"(《唐诗归》卷三十一)

酬答二首

金鱼公子夹衫长[1],密装腰鞓割玉方[2]。
行处春风随马尾,柳花偏打内家香[3]。

雍州二月梅池春[4],御水鸦䴖暖白蘋[5]。
试问酒旗歌板地,今朝谁是拗花人[6]。

【注释】

1 金鱼公子:指贵胄子弟。唐制官员三品以上佩金鱼袋,以盛金鱼符。

2 鞓(tīng):皮革腰带之带身,亦作"鞓"。割玉方:王琦《汇解》:"割玉方,谓裁玉作方样,而密装于皮带之上也。"

3 内家香:宫中特制之香,惟宫女、贵胄能得之。

4 雍州:古九州之一。今甘肃以东,至陕西、山西交界之黄河。唐时盖指关中、西京一带。

5 鸦䴖(xiāo jīng):即池鹭,生活于池塘、湖沼。大如凫、鹜而高脚,似鸡,长喙好啄,其顶有红毛如冠。白蘋:水中浮萍,亦作"白萍"。

6 拗(ǎo):折,折断。

【解读】

二首皆讽贵公子之奢侈豪华，寻花问柳。

首章言其装束华贵，身佩宫中特制之香囊，引得柳絮亦闻香频扑。"行处春风"、"柳花偏打"，既是即景，亦寓言花街柳巷，是处浪荡，寻欢作乐。末句，王琦《汇解》引徐文长曰："公子佩内家之香，而柳花偏打之，即蝼蚁也解寻好处之意。"言似稍浅。按段成式《酉阳杂俎·语姿》："某少年常结豪族，为花柳之游，竟蓄亡命，访城中名姬，如蝇袭膻，无不获者。"可为此首注脚。

次章言贵家公子惟日日旗亭歌板，花院（妓院）访妓，花酒欢宴，拗花折枝。今朝不知又是谁家贵胄拗去花枝呢！"拗花"，言嫖娼。花，花寮、妓院；花枝，美女、妓女。杜秋娘诗："花开堪折直须折，莫待无花空折枝。"似于此辈言之。

二首当作于长安，或奉礼时也。

崇义里滞雨[1]

落漠谁家子[2]，来感长安秋。

壮年抱羁恨[3]，梦泣生白头。

瘦马秣败草[4]，雨沫飘寒沟。

南宫古帘暗[5]，湿景传签筹[6]。

家山远千里[7]，云脚天东头。

忧眠枕剑匣，客帐梦封侯。

【注释】

1 崇义里：长安街坊名，即崇义坊。李贺《申胡子觱篥歌》序云："今年四月，吾与（申胡子）对舍于长安崇义里。"滞雨：久雨，雨长落不停。

2 落漠：落拓，潦倒。

3 羁（jī）恨：羁旅客途、寄居他乡之愁恨。

4 秣（mò）败草：言瘦马所食皆萎败之腐草。秣，喂养。败草，腐烂、萎败之草。

5 南宫：尚书省别称，言尚书省象列宿之南宫，故称。唐以后尚书省六部统称南宫。此盖指礼部会试，即进士试。

6 签筹：更筹，古代计漏壶中计时报更之竹签。

7 家山：家乡，故乡。

【解读】

此元和六年（811）奉礼长安，感秋霖难遣而作。

李贺赁居之崇义里，在朱雀街东第二坊，而南宫（尚书六部）亦朱雀门北正街之东，正礼部贡院举进士近处。故七、八言望望南宫，古帘雨暗，一片死寂，湿景中惟传更筹之声。此以"帘暗"比兴，诉有司取士之不公。末雨夜悲寂，无可遣怀，忧眠枕剑；犹羡班定远投笔从戎，其抑郁之心，虽遭谗被毁，仍跳动不息。

官街鼓[1]

晓声隆隆催转日,暮声隆隆呼月出。

汉城黄柳映新帘,柏陵飞燕埋香骨[2]。

桩碎千年日长白[3],孝武秦王听不得。

从君翠发芦花色,独共南山守中国[4]。

几回天上葬神仙,漏声相将无断绝[5]。

【注释】

1 官街鼓:唐时长安设左右街使,设鼓于街,以鼓声定街坊大小城门之启闭。

2 柏陵:皇陵;皇陵多栽柏树故称。飞燕:西汉成帝皇后,此指代后妃。

3 桩(zhuì)碎:敲碎。桩,敲、击。

4 中国:此指京师,长安。见《李凭箜篌引》注5。

5 相将:相偕,相续。此言计漏一声接一声。

【解读】

此诗自街鼓鼕鼕,催日唤月,写至计漏之声相续不停,言人生一日一日消逝,人生何其短促!然英武如秦皇、汉武却信求仙可以不死,以至演出入海求药,金掌饮露之闹剧。

诗中"柏陵飞燕"、"秦皇汉武",借古帝王后妃以讽宪宗求仙甚明。末"几回天上葬神仙",警策!

京 城

驱马出门意,牢落长安心[1]。

两事向谁道,自作秋风吟[2]。

【注释】

1 "驱马"二句:言策马出门,意至京或可求一功名,未料科场受阻,困居长安,孤寂无奈。牢落,寂寞,无聊。

2 秋风吟:言孤寂无奈,向秋而悲,宣泄为悲吟之辞。

【解读】

此"京城"自指长安。"驱马出门意"即求一功名,所谓"家门厚重意,望我饱饥腹"(《题归梦》)。然被毁不第,牢落长安;此中苦痛,无人能解。故三、四紧接云"两事"("出门意"、"牢落心")无处可诉,唯有化作悲秋之吟,以宣泄心中之苦痛。诗或元和五年(810)奉礼长安时作。

绿水词

今宵好风月,阿侯在何处[1]?

为有倾人色[2],翻成足愁苦。

东湖采莲叶,南湖拔蒲根[3]。

未持寄小姑,且持感愁魂[4]。

【注释】

1 阿侯:指代所思女子。

2 倾人色:倾人之色,形容女子有超人之美丽。倾人,即"倾人城"、"倾人国"之省略。《汉书·李夫人传》:"延年侍上起舞,歌曰:'北方有佳人,绝世而独立;一顾倾人城,再顾倾人国。宁不知倾城与倾国,佳人难再得。'"

3 "东湖"二句:此借乐府《采莲》、《拔蒲》示两情相悦。《乐府诗集》卷五十《采莲曲》:"桂楫兰桡浮碧水,江花玉面两相似,莲疏藕折香风起。香风起,白日低,采莲曲,使君迷。"又卷四十九《拔蒲》:"青蒲衔紫茸,长叶复从风。与君同舟去,拔蒲五湖中。"

4 "未持"二句:言采下莲叶,拔下蒲根,不寄他人,惟寄"阿侯",感其愁思也。小姑,少女,此指代女子。愁魂,愁思。

【解读】

此相思曲也，月夜怀人之作。诗中"阿侯"，即为所思。

首句点时为"今宵"，月圆风好，孤单一人，正寂寞怀人之时。二句直入"阿侯"，问其今宵何处，是否亦如我之望月相思耶？三、四言因"阿侯"之美丽动人，翻使已极相思之愁苦。五至八借乐府古辞，示两情蜜意，并剖心曲：言采莲拔蒲，不寄他人，将持此感赠愁思之人。

意此李贺离家日久，思念家室，赠妻之作。于己则云"愁苦"，于妻则言"愁魂"，离人之两地相思也。当亦奉礼长安时作。

蝴蝶舞

杨花扑帐春云热，龟甲屏风醉眼缬[1]。
东家蝴蝶西家飞，白骑少年今日归[2]？

【注释】

1 龟甲屏风：玉饰屏风，因其似龟甲之纹路，故称。醉眼缬（xié）：唐时一种彩色缯帛，亦作醉缬。此指醉缬编结之发网。

2 白骑少年：指少妇丈夫。白骑，白马。

【解读】

此闺中少妇思念丈夫外出不归，亦闺怨之类。首句"杨花"，设景又点暮春时节。少妇举眼春光，惟见杨花似春云卷舒，漫飞漫扑，一片迷茫；"热"，言春之将归，夏即至也，起少妇思春、惜春之情。二句转写孤寂，言虽醉缬网发，妆梳已具，而室内无人，惟龟甲屏风相对。此二句未言少妇，而少妇思情自见。三句蝴蝶东飞西飞，以比丈夫浪荡在外，如蜂蝶之拈花惹草。末句问白马少年今日归否？"白骑少年"指夫。以问句结，尤见思之切至。全诗点衬自然，情思委婉。

此及以下五首《房中思》、《夜坐吟》、《染丝上春机》、《休洗红》、《美人梳头歌》等，似亦皆托以思念家室，姑附奉礼长安时，元和四至七年（809—812）作。

房中思[1]

新桂如蛾眉,秋风吹小绿[2]。

行轮出门去,玉鸾声断续[3]。

月轩下风露,晓庭自幽涩[4]。

谁能事贞素,卧听莎鸡泣[5]。

【注释】

1 房中思:言思念妻子。房中,内室、闺房,此指代妇人、妻子。

2 "新桂"二句:言秋风吹拂妇人之蛾眉,如抚嫩桂之小叶。新桂,指眉,唐人以青绿画眉,形似桂叶。江采蘋《谢赐珍珠》:"桂叶双眉久不描,残妆和泪污红绡。"小绿,初萌之嫩叶。

3 "行轮"二句:言丈夫行车出门,惟闻其车铃断续之声。行轮,行进之车轮,指代行车。玉鸾,车铃之美称。

4 幽涩:幽寂冷落。

5 "谁能"二句:言谁人如此贞正素朴,夜夜卧听络纬之秋啼!能,指示代词,如此,这样。贞素,贞正素朴。莎鸡,亦作沙鸡;亦称沙虫。雄莎前翅部有发声器官,发声似摇纺车,故又称络纬,俗称络绞娘、纺织娘。

【解读】

　　此闺怨也,代拟妻子之作,寓思归之情。

　　一、二言秋风吹拂,新桂摇摇;小叶轻细如妾之新扫蛾眉也。古妇人画眉以黛,唐人喜以青绿,故以"小绿"为喻。李贺《洛姝真珠》云"浓蛾叠柳",亦以柳叶之绿色作比。三、四言丈夫行车远出,妇人在轩中惟闻车铃之声断续,愈行愈远。五、六言月榭轩窗,霜露秋寒,拂晓庭除亦幽寂凄冷;上句言霜夜,下句言晓日,皆独守空闺也。末二转以诗人之自言作结:谁人有如此贞正素朴之妻子,夜夜卧听秋虫之悲鸣!言下惟自家妻子如此贞纯,寂寞固守以待己之归来也。诗见贺伉俪之情笃相得也。

夜坐吟[1]

踏踏马蹄谁见过，眼看北斗直天河。西风罗幕生翠波，铅华笑妾颦青蛾[2]。为君起唱《长相思》[3]，帘外严霜皆倒飞。明星烂烂东方陲[4]，红霞稍出东南涯。陆郎去矣乘斑骓[5]。

【注释】

1　夜坐吟：本乐府旧题，属杂曲歌辞。《乐府诗集》卷七十六："《夜坐吟》，鲍照所作也。其辞曰'冬夜沉沉夜坐吟'，言听歌逐音，因音托意也。宗夬又有《遥夜吟》，则言永夜独吟，忧思未歇，与此不同。"

2　铅华：女子化妆用之铅粉，此指代美丽容貌，青春年华。颦（pín）：颦眉，皱眉。

3　《长相思》：为乐府杂曲歌辞。《乐府诗集》卷六十九："《长相思》。古诗曰：'客从远方来，遗我一书札。上言长相思，下言久别离。'……长者，久远之辞，言行人久戍，寄书以遗所思也。古诗又曰：'客从远方来，遗我一端绮。文彩双鸳鸯，裁为合欢被。著以长相思，缘以结不解。'谓被中著绵，以致相思绵绵之意，故曰长相思也。"

4　明星：启明星，即金星。烂烂：光亮貌，光芒闪亮。陲（chuí）：边，边缘。此句言天将放亮。

5　"陆郎"句：言所欢一早即乘斑骓马离家，至今未归。《乐府诗集》卷四十七《明下童曲》其二："陈孔骄赭白，陆郎乘班（斑）骓。徘徊射堂头，望门不欲归。"

【解读】

前六句言夜深独坐，不见马过，惟望天河北斗；西风吹拂，罗幕生波，青春容华亦笑我双蛾颦蹙。思而不寐，辗转反侧，为君起唱相思之曲。"帘外严霜皆倒飞"，为一篇秀句，言帘外秋霜闻我相思之曲，愁思哀怨，不忍卒听而皆漫天倒飞。"露结为霜"，不似大雪纷飞。而唐人每言"天上飞霜"以增其动势。前于贺如张继《枫桥夜泊》云"月落乌啼霜满天"，后于贺如李义山《宿骆氏亭》云"秋阴不散霜飞晚"；而李贺诗不惟言"飞霜"，且言"严霜皆倒飞"，其漫舞之状，尤为飞动，其相思之情亦于"倒飞"中逼而出之矣。

七至末言夜坐至晓，东方天际，启明闪亮；东南一角，红霞稍出。而所思"陆郎"离去，其斑骓正不知系于何处。愁思茫茫，似闻情人马蹄踏踏之声……

闺怨为六朝常见之作，此借《夜坐吟》，亦闺怨也。按，《乐府诗集》鲍照《夜坐吟》，宗夬《遥夜吟》二题古意之区别在，前者言男女夜坐，"听歌逐音，因音托意"，有似对歌；后者则女子独卧，"永夜独吟，忧思未歇"，有似闺怨。李贺《夜坐吟》糅合此二意，而归于闺怨：虽有歌，惟"为君起唱《长相思》"而遥夜不寐，至"红霞稍出"，未有男女"听歌逐音，因音托意"。此贺糅合乐府古题而出以新意之作。

染丝上春机

玉甖汲水桐花井[1],蒨丝沉水如云影[2]。
美人懒态燕脂愁,春梭抛掷鸣高楼。
彩线结茸背复叠,白袷玉郎寄桃叶[3]。
为君挑鸾作腰绶[4],愿君处处宜春酒[5]。

【注释】

1　玉甖（yīng）：陶制之汲水容器。玉，美称。甖，小口大腹之容器，亦作"罂"。桐花井：古时井边多植梧桐，清明、谷雨桐花发，故称。

2　蒨（qiàn）丝：茜草，绛色，可做染料。

3　"彩线"二句：言所欢"白袷玉郎"寄来丝绒织成之同心结。彩线结茸，言同心结以彩线系结。茸，细绒织物，此指同心结，故言"背复叠"。白袷（jiá）玉郎，穿白夹衣之少年男子。白袷，白色夹衣。玉郎，对少年男子之美称。桃叶，王献之爱妾名，亦泛指美貌女子，此染丝女子自指。

4　腰绶（shòu）：丝织腰带。古以丝织绶，用以佩玉及官印等，后亦用作一般腰带。

5　宜春酒：言祝君欢欣长寿。《诗·豳风·七月》："为此春酒，以介眉寿。"

【解读】

　　此女赠男之辞，诗盖代拟女子作。诗中"桃叶"，女子自比；"白裌玉郎"，白曲领（或白夹衣）之少年男子，代"桃叶"之所欢。

　　诗用倒接法，先解读"彩线"二句。言"白裌玉郎"赠我彩线结茸之同心情结。故已亦提玉瓶，汲水于桐花之井；用蒨丝将素绢染成绛色，拟作腰绶以报；绛素入水，如赤色云霞，美艳异常。然未能即裁，须待晾晒始可作绶刺绣。只好懒态含愁，重上织机，抛掷春梭。"美人懒态燕脂愁"，言其含羞凝愁状，真妙笔生花。白居易《宫怨》云："三千宫女胭脂面，几个春来无泪痕！"元稹《离思五首》其一："须臾日射燕脂颊，一朵红酥旋欲融。"是燕脂泛指女子红嫩或羞红之脸颊。"燕脂愁"，脸带红晕又离愁淡淡，极状女子收同心结时之忻喜、羞涩、愁思之态。末二云裁成腰绶，又挑针绣上鸾凤双栖，默祝"玉郎"事事顺当，身健年寿。

　　或云此李贺代拟妻子作，"白裌玉郎"为贺自指，"桃叶"指妻，亦可备一说。桃叶虽为献之小妾，此用事无碍也。

休洗红[1]

休洗红，洗多红色浅。卿卿骋少年[2]，昨日殷桥见[3]。封侯早归来，莫作弦上箭[4]。

【注释】

1 休洗红：本为晋杂曲歌辞。

2 卿卿：古时妇人对丈夫之昵称。见《出城》注5。骋少年：显示自己年轻，立志有为。骋，显示，施展。

3 殷桥：洗红之桥畔。姚文燮《昌谷集注》云："红色变为殷。……洗红于水而桥为殷，则所存者无几，言色之易落耳。见此益自伤年华矣。"

4 弦上箭：谓如箭离弦，一去不回，言弃"旧红"而另觅"新红"。

【解读】

晋无名氏《休洗红》二首，皆以妇人身世为比。一言年光易过，新妇作婆；一言新旧翻覆，旧人被弃，皆因"红"被洗褪，洗淡，洗浅，洗尽。"红"，美人之代称。汉傅毅《舞赋》："红颜晔其扬华。"陆龟蒙《置酒行》："千筠掷毫春谱大，碧舞红啼相唱和。""红"，红颜，女子之青春华年也。故妇人一旦春红被淘尽，洗尽，则宠衰爱弛，为弃之日不远矣。且夫少年有为，封侯出将，则"新红作衣"、"旧红作里"之事尽多。白居易《母别子》有云:"关西骠骑大将军,去年破虏新策勋。敕赐金钱二百万,洛阳迎得如花人。新人迎来旧人弃,掌上莲花眼中刺。迎新弃旧未足悲,悲在君家留两儿。"可与此同参。

末二借闺中人语:封侯早归,莫如弦上之箭,一去不返。盖贺见此种弃旧迎新事多,故以乐府古题,参以己意,为被厌弃妇人致慨也。或言托以李贺夫妻离别事,亦可。

美人梳头歌

西施晓梦绡帐寒[1]，香鬟堕髻半沉檀[2]。
辘轳咿哑转鸣玉[3]，惊起芙蓉睡新足[4]。
双鸾开镜秋水光[5]，解鬟临镜立象床[6]。
一编香丝云撒地，玉梳落处无声腻[7]。
纤手却盘老鸦色[8]，翠滑宝钗簪不得。
春风烂漫恼娇慵，十八鬟多无气力。
妆成鬓鬟欹不斜[9]，云裾数步踏雁沙[10]。
背人不语向何去？下阶自摘樱桃花。

【注释】

1 绡帐：轻纱帐。绡，轻縠，薄纱。

2 堕髻：即倭堕髻，古代妇女的一种发式，发髻向额前俯偃。沉檀：沉香木与檀香木。此指以沉木、檀木所制之枕头。

3 辘轳：安装轮轴的井上汲水装置。

4 芙蓉：指水芙蓉，荷花之别称，喻美人之脸。句言美人初醒。

5 双鸾：妆镜。古代铜镜镜背镌有鸾鸟，称鸾镜；亦有双鸾形。

6 象床：象牙装饰之床，床之美称。

7　玉梳：玉制之发梳。《汇解》曰："'落处'谓梳发，凡梳发原无声，'无声'是衬贴字，下着一'腻'字，方见其发之美。"

8　老鸦色：喻指美人鬓发乌黑如鸦。老鸦，即乌鸦。

9　鬌髻（wǒ duǒ）：发髻柔滑光洁貌。"高髻鬌髻宫样妆，春风一曲杜韦娘。"

10　云裾：言衣襟飘拂轻柔，如天上薄云。踏雁沙：王琦《汇解》："如雁足踏沙上，言其行步匀缓。"

【解读】

此状美人梳头。自"晓梦"听辘轳鸣玉之声而"惊起"，而"开镜"、"解鬟"、"梳头"（玉梳落处）、"盘髻"（纤手却盘）、"簪钗"、"数步"、"下阶"，至于"自摘"（樱桃花）结束，美人晓妆过程描绘细致有序。虽属观形摹状之作，而美人之心思情感已渗入其中。晓梦而言"帐寒"，睡足而言"惊起"，妆梳毕，感春光烂漫而"恼娇慵"，皆见其寂寞春闺，影只形孤也。当为代美人拟作之"闺怨"辞。

诗以步步转换，层层增色之法，使美人之外形、神韵逐步浮现。先是晓梦之时"香鬟沉檀"；"惊起"时则芙蓉睡态惺忪；解鬟梳头之时则"香丝撒地"；下阶数步之时则云裾斜曳；自摘樱桃之时又"背人不语"，此皆为美人之形象、神韵层层增态，逐步丰满，至摘花而最后始形尽满，神尽完而意尽足也。方扶南《李长吉诗集批注》曰：

"写幽闺春怨也,结尾'樱桃花'三字才点明:花至樱桃,好春已尽矣;深闺寂寂,亦复何聊!"又评曰:"不著一字,尽得风流","从来艳体,亦当以此居第一流"。

或言此美人即李贺妻,作寄托解,可。"美人梳头",定自妻处而得,观"弹琴看文君,春风吹鬓影"(《咏怀二首》其一)可知。

有所思[1]

去年陌上歌离曲,今日君书远游蜀。帘外花开二月风,台前泪满千行竹[2]。琴心与妾肠[3],此夜断还续。想君白马悬雕弓,世间何处无春风?君心未肯镇如石[4],妾颜不久如花红。夜残高碧横长河[5],河上无梁空白波。西风未起悲龙梭[6],年年织素攒双蛾。江山迢递无休绝,泪眼看灯乍明灭。自从孤馆深锁窗,桂花几度圆还缺。鸦鸦向晓鸣森木,风过池塘响丛玉[7]。白日萧条梦不成,桥南更问仙人卜。

【注释】

1 有所思:本为乐府旧题,属鼓吹曲辞。本诗借乐府古题而写闺思。

2 千行竹:此用湘妃挥泪染竹事。张华《博物志》卷八:"尧之二女,舜之二妃,曰湘夫人。帝崩,二妃啼,以涕挥竹,竹尽斑。"

3 琴心:以琴声表达情意,此指代所思之心。

4 镇:常,长久。

5 高碧:碧天,天空。孟郊《寒溪》:"瑞晴刷日月,高碧开星辰。"

6　龙梭：织梭之美称。《晋书·陶侃传》："侃少时渔于雷泽，网得一织梭，以挂于壁。有顷雷雨，自化为龙飞去。"

7　丛玉：丛竹，竹林；或作玉丛。丛竹之美称。

【解读】

此闺思也。开首至"此夜断还续"六句，言去年相别，至今日始自蜀地来书；二月花发，令我怀思，凭倚窗台，泪滴千行；思君断肠，一夜不止。"想君"句至"河上无梁空白波"六句，思至"残夜"，忧思之深也。"想君"，思也，言君雕弓白马，世间何处无绝色女子？君之心未能如磐石之坚固，妾之容颜却如春花之萎谢；夜残不寐，惟见碧天长河阻隔，无梁可渡。"西风未起"至"风过池塘响丛玉"八句，拟想自今而后，或当终年深闺相思也。言秋风未起，已悲织事之孤单；两地迢递，日思夜泪；白日孤馆深锁，夜月几度圆缺；而向晓鸣鸦啼树，风过万竹，尤难以为怀。末二言白日难梦，惟向桥南卜肆一卜君子何日能归？

或以为此贺思妻，代妻拟作之辞，似不确。一诗云"今日君书远游蜀"，贺不曾蜀游；二诗云"想君白马悬雕弓"，与贺身份不合；三诗云"世间何处无春风"，则贺更不当拟妻以如此怨望之辞。此自应以闺思、闺怨解之。姑附奉礼长安时。

致酒行

至日长安里中作[1]

零落栖迟一杯酒[2],主人奉觞客长寿。主父西游困不归[3],家人折断门前柳。吾闻马周昔作新丰客,天荒地老无人识[4]。空将笺上两行书,直犯龙颜请恩泽[5]。我有迷魂招不得[6],雄鸡一声天下白。少年心事当拏云[7],谁念幽寒坐呜呃。

【注释】

1 至日:冬至或夏至称至日。从诗意看,当指夏至。长安里中:李贺奉礼长安,居崇义里。此当指其地。

2 零落:飘零流落。贺被毁落第,奉礼长安,屈于"臣妾气态间",非所愿也,故曰"零落"。栖迟:滞留。

3 "主父"句:主父,主父偃。据《汉书·主父偃传》:"主父偃,齐国临淄人也。学长短纵横术,晚乃学《易》、《春秋》、百家之言。游齐诸子间,诸儒生相与排摈,不容于齐。家贫,假贷无所得,北游燕、赵、中山,皆莫能厚,客甚困。以诸侯莫足游者。元光元年,乃西入关见卫将军;卫将军数言上,上不省。资用乏,留久,诸侯宾客多厌之。"后上书阙下，朝奏而暮召入见，得汉武宠信。

4 "吾闻"二句：《旧唐书·马周传》："马周字宾王，清河茌平人也。少孤贫好学，尤精《诗》、《传》，落拓不为州里所敬。武德中，补博州助教，日饮醇酎，不以讲授为事。刺史达奚恕屡加笞责，周乃拂衣游于曹、汴，又为浚仪令崔贤首所辱，遂感激西游长安。宿于新丰逆旅，主人唯供诸商贩而不顾待周。遂命酒一斗八升，悠然独酌。"是所谓"无人识也"。天荒地老，言马周处逆旅时间长久而无人赏识。马周后代中郎将常何上书言事，得唐太宗赏识。此亦主人以马周初始沦落而后为人主知遇事以劝勉之。

5 龙颜：借指皇帝。

6 迷魂：心灵受创而无所依归，故下言"招不得"。招不得：言魂迷而无可招复。

7 拏（ná）云：手拂云彩，即凌云之意。拏，持拿、执取。

【解读】

此诗奉礼长安时居崇义里作。诗言"主人奉觞"，当为友人置酒宴请，祝李贺身健长寿，"客"，李贺自指。时贺沦落，滞留长安，又兼体弱多病。友人有见于此而特为置酒并劝勉之。三至八句主人祝酒并以主父、马周事勖励之，言不必以今之坎坷而悲伤感喟。末四李贺席上答辞。

此贺闻友人言,感悟长此以往,或将丧失机遇,而思有以振起。

《致酒行》借一席言谈,其表达之情感,真实、复杂而极具波澜之致:因被谗毁而零落栖迟,自是愤懑不平;以为仕程无望,而忧伤怨叹;又不甘颓唐,而寄希望于人生的偶然际遇;感友人之勖勉而思有所振起。李贺终因朝廷昏暗,又乏有力者之举荐;自视甚高,又无主父、马周自荐之胆识,李贺终于为黑暗的现实所摧垮,友人的一席劝慰,李贺的凌云之志,最终只留下一道思想的闪光以及"雄鸡一声"的千古名句。

苦篁调啸引[1]

请说轩辕在时事,伶伦采竹二十四[2]。伶伦采之自昆邱[3],轩辕诏遣中分作十二。伶伦以之正音律[4],轩辕以之调元气[5]。当时黄帝上天时[6],二十三管咸相随,惟留一管人间吹[7]。人间无德不能得[8],此管沉埋虞舜祠[9]。

【注释】

1 苦篁:篁竹,借指伶伦所伐之䇯龙竹。戴凯之《竹谱》:"䇯龙竹,黄帝使伶伦伐之于昆仑之墟,吹以应律。"调啸引:吴正子注:"乐府有《调笑引》;'笑',一作'啸'。"引:乐曲体裁。有"序奏"即导引之意。据题意此诗当为以《调啸引》乐曲而咏苦篁。

2 轩辕:黄帝。据传黄帝姬姓,或言姓公孙,居于轩辕之丘,故名轩辕。伶伦:传说为黄帝乐官。古以为乐律的创始者。《吕氏春秋·古乐》:"昔黄帝令伶伦作为律。"

3 昆邱:昆仑山,亦作"昆丘"。

4 正音律:指伶伦以竹断两节之间作十二律,从而律、吕分明,音律以正。《吕氏春秋·古乐》:"黄帝诏伶伦作为律。自大夏之西,乃之阮隃之阴,取竹于嶰谿之谷。以生空窍厚均者，断两节间，其长三寸九分而吹之，以为黄钟之宫，吹曰舍少。次制十二筒，以之阮隃之下，听凤凰之鸣，以别十二律，其雄鸣为六，雌鸣亦六，以比黄钟之宫适合。黄钟之宫，皆可以生之，故曰黄钟之宫，律吕之本。

5　元气：此指大化之始气，即天地未分前的混沌之气。

6　黄帝上天：指黄帝铸鼎乘龙上天的传说。《史记·封禅书》："黄帝采首山铜，铸鼎于荆山下。鼎既成，有龙垂胡须下迎黄帝。黄帝上骑，群臣后宫从上者七十馀人，龙乃上去。馀小臣不得上，乃悉持龙髯；龙髯拔，堕，堕黄帝之弓。百姓仰望黄帝既上天，乃抱其弓及胡髯号。"

7　"二十三管"二句：王琦《汇解》曰："杂以荒诞虚无之词，似近乎戏，而实有至理在焉。'唯留一管'者，谓黄钟一管，为万事之根本，其制可考而知也。"

8　无德：没有德行，此指无德之人。

9　"此管"句：言自虞舜以下，此黄钟正律未现人间。王琦《汇解》引《风俗通》曰："昔章帝时，零陵文学奚景，于冷道舜祠下得笙，白玉管，知古以玉为管，后乃易之以竹耳。"

【解读】

　　此咏篁竹之为正律者，借乐府《调啸引》以歌之，或作于奉礼长安之时。

诗曰"苦篁",实非名为"苦竹"之竹。戴凯之《竹谱》:"苦竹,有白有紫而味苦。《齐民要术》云:'竹之丑有四,有青苦者,白苦者,紫苦者,黄苦者。'"又元李衎《竹谱详录》云:"苦竹,苦伏竹,又名还味竹,旋味竹。其笋苦涩。"而贺诗云伶伦赴昆仑采竹为律,则是为𥯨龙竹。然𥯨龙之竹,无言"苦"者。意贺合此二竹,取苦竹之"苦",而附会𥯨龙制律之事。则此"苦"字自寓其苦;"苦篁"李贺自比,《豀晚凉》云"苦篁对客吟歌筒"可证。

诗之关捩在"二十三管咸相随,惟留一管人间吹"。寓托人皆进士及第,仕宦朝廷,为天帝之臣,惟我不得应试,遗落"人间",长"沉埋"也。有德者,自可取我于舜祠之下,然今朝廷无德者当政,使我久沉下土,任其沉沦。王琦《汇解》曰:"此管尚在人间,人自不能知之耳,非竟无考也。"亦善解之辞。

此诗七言五韵(本当六韵),语句章法饶有变化。诗第四句忽作九言,成"轩辕诏遣中分作十二",非增"呜乎"、"却看"之类冒头,亦非如太白之加于句首,如"然后天梯石栈相钩连"。原句本当"轩辕诏遣作十二",而忽增"中分"二字,使诗句极显拗峭之致。全诗二句一韵,而第五韵乃仅一句(亦可看作第四韵多一句),使与四韵成"时"、"随"、"吹"相叶。如此则诗之行进至"随"字,似节律明显中断,须暂时休止,始可接续,又成拗折之节律。此长吉务求新变而不欲与人同也。

赠陈商[1]

长安有男儿，二十心已朽。
楞伽堆案前[2]，楚辞系肘后。
人生有穷拙，日暮聊饮酒。
只今道已塞，何必须白首。
凄凄陈述圣，披褐钽俎豆[3]。
学为尧舜文，时人责衰偶[4]。
柴门车辙冻，日下榆影瘦。
黄昏访我来，苦节青阳敛[5]。
太华五千仞，劈地抽森秀[6]。
旁若无寸寻，一上戛牛斗[7]。
公卿纵不怜，宁能锁吾口！
李生师太华，大坐看白昼[8]。
逢霜作朴樕，得气为春柳[9]。
礼节乃相去，憔悴如刍狗[10]。
风雪值斋坛，墨组贯铜绶[11]。
臣妾气态间，唯欲承箕帚[12]。
天眼何时开[13]？古剑庸一吼[14]！

【注释】

1　陈商：字述圣，当涂人。元和九年（814）进士，官至工部尚书。

2　楞伽（léng qié）：指佛藏《楞伽经》，倡五法、三性、八识等大乘教义。

3　钼（zū）：同"租"，供祭祀用的草席垫，古称茅藉，亦作"苴"。此用为动词，意罗列茅藉（奠席）。俎（zǔ）、豆：古代祭祀、宴飨时盛放食物的两种礼器。此处亦用作动词，即罗列俎豆以祭祀之意。全句言陈商穿着粗布衣服陈列祭席和礼器，崇尚古人礼仪。

4　尧舜文：喻指古奥之文体，如《尚书》中《尧典》、《舜典》之文字。盖言陈商喜习古文。责衰偶：以衰朽排偶之文而责其字为古文。衰偶，衰朽不足道之骈偶今体。二句言陈商不效时趋，故为世所摈。

5　"苦节"句：言其固守古节，为人所摈，其青春年少之容颜亦皱而不舒。青阳，原指春天，此处指代青春容颜。

6　太华：即西岳华山，陕西省华阴县南，以西有山曰少华，故称太华。森秀：森然秀出，高耸突兀。

7　"旁若"二句：言其旁似无寸寻（八尺）之小山，而太华独立挺拔，直上斗牛。若，原作"苦"，不通，又与上"苦节"犯复，疑为"若"。又,《全唐诗》作"古"。戛（jiá），戛摩，凌击摩拂。

8　"李生"二句：言己将以陈商为师，终日正襟危坐而聆其所教。李生，李贺自谓。太华，比商。大坐，盘腿正坐。

9 "逢霜"二句：李贺自谦之辞，言己乃丛木小树，逢霜即凋萎，即便得春阳之气，亦不过如春柳之柔弱。朴樕（sù），丛木，小树。

10 刍（chú）狗：古时以草扎成狗作祭祀用，用毕即践弃之。此言己为人所弃如刍狗之微贱无用。

11 "风雪"二句：言己即便风雪之夜，亦须值宿斋坛，每与祭祀，亦曾身佩铜印墨绶。组、绶，皆丝绳，绶即组也，用以系玉、印。墨组，黑色丝绳；铜绶，以绶系铜印。李贺奉礼郎，从九品，当无墨组铜绶，疑与祭祀者或有此。

12 "臣妾"二句：言己为奉礼郎，地位低贱如臣妾，每与祭惟承箕帚之事。臣妾，古之奴仆杂役，男曰臣，女曰妾，为人所役使。箕帚，畚箕、扫帚，扫除之具，为臣妾所操持，喻指事人之低贱杂役。

13 "天眼"句：问苍天何时开眼，一睹人世不平，举贤惩恶。按，"天眼"原佛教所言五眼之一的"天趣眼"，能透视六道、远近、上下、前后、内外及未来等。引申为苍天有眼即眼开，始能洞悉不平；苍天无眼即眼闭，此责苍天不问人世之不平。

14 "古剑"句：古剑自比兼以比陈商，言己与商如古剑沉埋，无人赏识，何时苍天有眼，使我扬眉吐气，则我之古剑或亦可高声鸣吼，一朝飞去。庸，副词，表示委婉之揣测语气。古剑一吼，王琦《汇解》引《太平御览》："《世说》曰：王子乔墓在京陵，战国时人。有盗发之者，睹无所见，惟有一剑停在空中。欲取之，剑作龙鸣虎吼，遂不敢取，俄而径飞上天。"

【解读】

诗云"柴门车辙冻，日下榆影瘦"，则是天寒雪冻、榆树落叶之时。考贺冬日在长安，惟元和六年（811）、七年；元和八年春即已辞奉礼而归昌谷，故诗当作于元和六七年冬。此诗赠陈商，慨商之困守场屋，公卿不识，亦兼以自慨遭毁落第。

全诗三十四句，八句一意合四层，末二作结。首八句赠陈商而先叙己之身世，以起下慨陈商兼以自慨伏笔。九至十六写陈商来访，为商鸣其不平之恨。"日下"、"黄昏"回应"日暮"，点线分明。十七至二十四勖勉陈商，为其大壮声色，亦自负之愤激悲壮语，可令孱弱者起懦！二十五至三十二句为贺自谦，自叹，自伤，自我作践之愤激不平语。慨陈商兼以自慨，于此可见。末二作结，诉诸苍天，责其无眼，于世路不平置若罔闻。问何时天眼能开，则使陈商与我李贺沉埋之古剑腾飞上天，作一龙虎之吼！勉陈商亦兼以自勉，见贺心未死，尚望一跃也！

方扶南《李长吉诗集批注》评曰："《集》中最平易调达者。"说是，此李贺诗之又一风格。

题归梦

长安风雨夜,书客梦昌谷[1]。
怡怡中堂笑[2],小弟裁涧菉[3]。
家门厚重意,望我饱饥腹。
劳劳一寸心[4],灯花照鱼目[5]。

【注释】

1 书客:书生,李贺自指。

2 怡怡:兄弟和睦貌。《论语·子路》:"朋友切切偲偲,兄弟怡怡。"

3 涧菉:涧中湿地所生之荩草,一名王刍,亦称菉竹。

4 劳劳:哀愁伤感貌。劳,愁苦、忧伤。《孔雀东南飞》:"举手长劳劳,二情同依依。"

5 鱼目:鱼目恒不闭,以比思念亡妻终夜不眠。

【解读】

李贺妻约逝于元和七年(812),时贺奉礼长安。《题归梦》当妻逝后未久作。

一、二言长安风雨之夜,而梦归昌谷。中四梦中情景:言归家后,小弟正采摘涧菉,兄弟相见后在母亲(中堂)面前欣喜欢笑。母亲殷切地问慰,只望奉礼长安能充饥饱腹。然未见妻子,一梦惊醒,始忆妻已物故,心中忧苦,辗转不寐。末二燃灯起坐,形单影孤,惟灯照目也。

王琦《汇解》:"董懋策注:'鱼目,泪眼也。'琦按,古诗'灯檠昏鱼目',鱼目有珠,故以喻含泪珠之目,董说是。"按董、王说未是。按贺梦归昌谷,家门惟小弟、老母,未及妻子。意妻当已亡逝,故梦后劳思忧念而目不闭也。

金铜仙人辞汉歌[1] 并序

魏明帝青龙元年八月[2],诏宫官牵车西取汉孝武捧露盘仙人[3],欲立置前殿。宫官既拆盘,仙人临载,乃潸然泪下[4]。唐诸王孙李长吉遂作《金铜仙人辞汉歌》[5]。

茂陵刘郎秋风客[6], 夜闻马嘶晓无迹。
画栏桂树悬秋香, 三十六宫土花碧[7]。
魏官牵车指千里, 东关酸风射眸子[8]。
空将汉月出宫门[9], 忆君清泪如铅水[10]。
衰兰送客咸阳道[11], 天若有情天亦老。
携盘独出月荒凉, 渭城已远波声小。

【注释】

1　金铜仙人:亦称铜仙、铜人,汉武帝时所造以手掌举盘承露之铜铸仙人。参见《古悠悠行》注3。

2　"魏明帝"句:《三国志·魏书·明帝叡》:"景初元年……三月,定历改年为孟夏四月。"裴松之注引甲子诏曰:"其改青龙五年三月为景初元年四月。"《魏略》曰:"是岁,徙长安诸钟簴、骆驼、铜人、承露盘。盘拆,铜人重不可致,留于霸城。""青龙元年八月",误。

3　宫官：此指宦官，太监。

4　潸（shān）然：泪流貌。

5　诸王：古代天子分封的各诸侯王。李贺为唐宗室郑孝王李亮之后，故称"唐诸王孙"。

6　茂陵：见《咏怀二首》注1。此指代汉武。刘郎：戏称武帝刘彻，唐人习俗，如称唐明皇为"三郎"。秋风客：刘彻作有《秋风辞》，故称。

7　三十六宫：汉宫殿有离宫别馆三十六所，此指代汉武旧宫殿。班固《西都赋》："离宫别馆，三十六所。"土花：苔藓。

8　东关：指长安东城门外。关，城门。酸风，刺眼之寒风。

9　将：携带。汉月：指代承露盘。姚文燮《昌谷集注》卷二："汉月即露盘也。"

10　君：指刘彻。铅水：比喻泪水凝重。

11　咸阳道：指长安城外大道。咸阳，秦都城，汉改称渭城。

【解读】

李贺时，宪宗抑藩镇，虽一度称为"中兴"，然社会矛盾有增无减：地主与农民这一基本矛盾外，又兼藩镇割据，宦官擅权，吐蕃、回纥之入寇中原，唐王朝已经进入衰微时期。李贺落第后，于元和六年（811）春，被任命为从九品之奉礼郎，其职掌只是协助祭祀、朝会，地位十分卑微。其《听颖师弹琴歌》云"奉礼官卑复何益",甚至比为"承箕帚"之"臣妾"(《赠陈商》)。元和八年春,李贺辞去奉礼,离开都城,返昌谷故里。唐王朝衰亡破碎的社会现实,压抑人才的诸多腐败,召唤了诗人抑塞衰颓的身世之感和才而不遇之悲。刘彻《秋风辞》云:"欢乐极兮哀情多,少壮几时兮奈老何!"汉武强盛一世,而汉祚终移,铜人为魏所拆;唐帝国开元盛世如日之中天,至李贺世已是落日黄昏,种种迹象显示了唐祚之不可持久。唐人每以汉比唐。李贺抑塞伤颓之心理空间与唐王朝衰亡破败之物理空间,正是一种同构对应。这种同构对应使李贺敏锐地感受到唐帝国不可避免地走向败亡的历史命运。诗人借史感讽,表达了心中深切的忧虑与哀伤。诚如余光所言:"是时唐德下衰,内讧外患","贺于此不胜当代之悲,长吁远悼,借汉武露盘一事,以泄其不忍言、不堪言之意邪"!(《余光辑解昌谷集》卷首)

据"画栏桂树悬秋香",则诗当作于秋日。李贺元和六年春至八年春,奉礼朝廷,客居长安;两度经秋,或即元和六七年秋作。元和八年春李贺辞去奉礼郎离开长安时有《出城寄权璩杨敬之》,诗云:"草暖云昏万里春,宫花拂面送行人。自言汉剑当飞去,何事还车载病身?""宫花送人"与"衰兰送客","车载病身"与"车载金铜"相仿佛;而"汉剑当飞"而未能飞,铜人当留而未能留,亦同一借慨。意七年秋即有辞归之意而拟想之,遂假托金铜仙人于咸阳古道踽踽独行也。

此诗为李贺名作，遣词造语上很见功力。以"秋香"代秋花，自是移觉；而"香"又曰"悬"，从而使香、花在嗅觉和视觉上谐合为一。不言苔藓，而言"土花"，与诗中之"鬼气"亦相谐。"土花"为李贺之原创。李商隐《李夫人三首》其三："土花漠碧云茫茫，黄河欲尽天苍苍。"陆游《题僧庵》："人稀土花碧，屋老瓦松长。"王逢《游卜将军墓祠》："木叶金甲动，土花碧血洒。"王冕《题申屠子迪篆刻卷》："岐阳石鼓土花蚀，峄山之碑野火燃。"词如周邦彦《风流子·春景》："土花缭绕，前度莓墙。"元傅按察《鸭头绿·钱塘怀古》："禁廷空，土花晕碧。"以上皆本李贺"三十六宫土花碧"。而以"酸风"称刺眼之冷风，亦李贺所创。又如"铅水"喻清泪之凝重，极切金铜仙人之泪。

"天若有情天亦老"，神来之笔！言人间桑海，朝代更迭，历史无情，而以假设语出之，责"天"之无情，而寄身世无援之感！末以声结情，渭水流声渐闻渐细，以至于绝，寄寓诗人心中之茫然与愁绝。

出城寄权璩、杨敬之[1]

草暖云昏万里春,宫花拂面送行人[2]。
自言汉剑当飞去[3],何事还车载病身?

【注释】

1 出城:元和八年(813)春天,李贺辞去奉礼郎返归昌谷故里,离开长安。城,指长安城。权璩:《新唐书·权璩传》:"(权德舆)子璩,字大圭,元和初,擢进士,历监察御史,有美称。"杨敬之:《新唐书·杨敬之传》:"敬之字茂孝,元和初,擢进士第,平判入等,迁右卫胄曹参军,累迁屯田、户部二郎中。"

2 宫花:宫苑之花木;此指宫苑中飘飞散落之花片,故云"拂面"。

3 汉剑:汉高祖刘邦斩白蛇之剑,此借以自喻。《异苑》:"晋惠帝太康五年(按,应为晋武帝太康五年,公元284;惠帝无太康年号),武库火,烧汉高祖斩白蛇剑、孔子履、王莽头等三物。中书监张茂先(按,张华字茂先)惧难作,列兵陈卫,咸见此剑穿屋飞去,莫知所向。"

【解读】

元和八年(813)春,李贺因官位卑微,贫病交困,辞奉礼郎归昌谷。诗为出长安城后寄友人权璩、杨敬之,抒发仕途抑塞之作。

　　首句即景抒慨。二句"行人"自指；"宫花"双关。言宫苑之花，在春风吹拂下飘飞而出，拂面而过，散落满街。又"宫花"暗寓进士及第。唐制：进士及第，皇帝赐宴曲江，并赐新科进士（一云状元、榜眼、探花）簪带金花，亦称"宫花"。《六部成语》："新中进士，例给金花插帽。"此反衬己科举之路已为阻塞，无簪金花之缘，惟宫苑之花飘拂满面。真匠心独运！三句以"汉剑"自喻，言己原以为可如汉剑腾飞，以佐君上，奈何仕途被阻，病疴缠身而终落寞而归？姚文燮曰："失意京华，败辕病骨"，"回首故人，悲不堪道"。

示 弟

别弟三年后,还家十日馀。

醁醽今夕酒[1],缃帙去时书[2]。

病骨犹能在,人间底事无[3]?

何须问牛马,抛掷任枭卢[4]。

【注释】

1 醁醽(lù líng):美酒,亦作醽醁。

2 缃帙:浅黄色书套,亦泛指书籍。

3 底:何,什么。

4 "何须"二句:古樗蒲博戏,以五木角胜负,有牛马、枭卢之彩。二句言奉礼长安,犹博戏一场,任其是牛是马,为枭为卢,亦激愤语。

【解读】

诗为元和八年(813)辞奉礼归昌谷作。

首言别弟三年,归家十日,点时地,并照题。三、四兄弟对酌,感去时一帙书,今还家亦惟书一帙,言下三年奉礼长安,行囊空如也。五、六倒文,言官场龌龊,尔虞我诈,无所不有,而己官位卑微,任人排挤;今病骨能返故里,已是大幸。末言无须问我三年境况,奉礼京师,不过戏博一场,任其牛马枭卢可也。此激愤语。

昌谷北园新笋四首

箨落长竿削玉开[1]，君看母笋是龙材[2]。
更容一夜抽千尺，别却池园数寸泥。

斫取青光写楚辞[3]，腻香春粉黑离离[4]。
无情有恨何人见，露压烟啼千万枝[5]。

家泉石眼两三茎[6]，晓看阴根紫陌生[7]。
今年水曲春沙上[8]，笛管新篁拔玉青[9]。

古竹老梢惹碧云[10]，茂陵归卧叹清贫[11]。
风吹千亩迎雨啸，鸟重一枝入酒樽。

【注释】

1　箨（tuò）：竹笋之皮，俗称笋壳。

2　母笋：根部始生之大笋。龙材：言其可长成化龙。《后汉书·方术·费长房传》："长房辞归，翁与一竹杖，曰：'骑此任所之，则自至矣。既至，可以杖投葛陂中也。'又为作一符，曰：'以此主地上鬼神。'长房乘杖，须臾来归，自谓去家适经旬日，而已十馀年矣。即以杖投陂，顾视则龙也。"

3 斫取：削取。取，表动态助词，约当"着"、"得"。青光：竹上光洁之青皮。按，纸张出现之前，古人多在竹简上写字，须削去竹皮，然后以火烘烤使干，始可书写而免虫蛀。李贺时已多书于纸或素娟，此乃借用。楚辞：借代自作之诗。

4 "腻香"句：言削下春竹青皮上之粉末，香气浓腻，连着青皮，黑黑闪亮。腻香，浓香。

5 "无情"二句：言竹虽未解情恨，而己诗则有情有恨，书竹之诗虽多，而无知音，惟为雨露所压，与千万未写之丛竹何异？露压烟啼，竹泪。春雨濛濛，丛竹如烟。

6 石眼：石上泉眼。

7 阴根：泥土下尚未冒出地面之竹鞭（竹根）。

8 水曲：曲折之水滨。

9 "笛管"句：王琦《汇解》："笛管，言新篁之材；玉青，言新篁之色。拔，挺生貌。"新篁，新生之竹；新笋。

10 惹碧云：言竹梢在碧云间飘拂。惹，牵引、沾挂。碧云，碧空中之云彩，俗言"青云"。

11 茂陵归卧：司马相如病免归家，居茂陵，因以指代相如，此李贺以相如病归自喻。

【解读】

　　据四章"茂陵归卧"句，诗当作于元和八年（813）春，辞奉礼东归之后。四首表达之情感不一，思绪起伏，意非一时之作。

　　首章言母笋终将化龙，一夜可抽千尺，而"别却池园"，则虽辞官而进取之心仍在，亦"少年心事当拏云"意。嫩笋、新竹，以其初生，长势飞速，古人每以喻稚子、少年。前于长吉者，如老杜《绝句漫兴九首》其七："笋根稚子无人见，沙上凫雏傍母眠。"后于长吉者，如小杜《朱坡》云："小莲娃欲语，幽笋稚相携。"宋人已见及此。《冷斋夜话》云："唐人《食笋》诗曰：'稚子脱锦绷，骈头玉香滑。'则'稚子'为笋明矣。"贺诗意祖此，正以初生之笋自比，时年二十四，固可比况。李义山有《初食笋呈座中》诗："嫩箨香苞初出林，於陵论价重如金；皇都陆海应无数，忍剪凌云一寸心！"亦少年风发之气；"凌云一寸心"，亦"一夜抽千尺"之意。

　　次章似咏竹而非笋。言斫去竹皮青光，以竹代绢纸而为诗。无情、有恨，互文错举，言竹未解情、恨，是为"无情无恨"；己之诗则情、恨兼具，是为"有情有恨"。然诗作虽高，而世无知音，惟为雨露所压，与千万丛竹一同啼泣。长吉落第之冤抑，全在"无情有恨"、"露压烟啼"见之矣。

　　三章言家园水滨泉石之竹，亦有数茎，晓日已见土中竹鞭暴出笋萌，预想今年曲水泉边，春沙之上，定有新竹挺生。立意同首章。

四章叹清寒贫苦。《三国志·魏志·华歆传》:"歆素清贫……家无担石之储。"长吉家似而过之。故云成日惟竹可为伴,酒可解忧;虽有时风雨迎啸,然亦有晴日鸟映酒樽之乐趣。此自我调适之辞。末句非身自经历道不出也。

题赵生壁

大妇燃竹根，中妇舂玉屑[1]。

冬暖拾松枝，日烟生蒙灭[2]。

木藓青桐老，石泉水声发。

曝背卧东亭[3]，桃花涴肌骨[4]。

【注释】

1 竹根：竹子之根，亦称鞭、竹鞭。舂玉屑：指舂米。玉屑，谓米粉之白。二句写居家生活。

2 蒙灭：犹明灭，明、蒙一声之转；言忽隐忽现，蒙胧不明。

3 曝背：言以背向日，悠闲取暖。

4 桃花涴肌骨：言肌骨红泽健壮如桃花之色。

【解读】

此赵生，王琦《汇解》云："盖隐居自乐者也。"诗当作于元和八年（813）辞奉礼归乡后。

赵生家人燃炊劳作，居处有青桐古木，石泉流水，一家融融自怡；赵生则曝背闲眠，自得其乐，无营营之心，无奔竞之劳，故养颐体健。李贺悲奉礼之微贱，兼之体弱多病，辞归故里，见此而羡其天伦之乐，有出世之想。此亦李贺一时之感触。贺入世之心太重，不能勘破功名，故每怀抑郁忧苦。然贺家境贫寒,无赵生颐养之条件;小弟赴庐山,已奔潞州,皆为稻粱谋也。

后园凿井歌[1]

井上辘轳床上转[2],水声繁,丝声浅。情若何?荀奉倩[3]。城头日,长向城头住。一日作千年,不须流下去[4]。

【注释】

1 后园凿井歌:题原《晋拂舞歌·淮南王篇》。《淮南王》云:"淮南王,自言尊,百尺高楼与天连。后园凿井银作床,金瓶素绠汲寒浆。"王琦《汇解》曰:"长吉此诗略祖其义,而名与调及辞皆变焉。"

2 辘轳:利用轮轴制成的井上汲水工具。床:井上围栏。

3 荀奉倩:荀粲,字奉倩,三国魏荀彧少子,荀攸从弟。《三国志·魏书·荀彧传》裴松之注引《晋阳秋》云:"粲常以妇人者才智不足论,自宜以色为主。骠骑将军曹洪女有美色,粲于是聘焉,容服帷帐甚丽,专房欢宴。历年后,妇病亡,未殡,傅嘏往唁粲;粲不哭而神伤。嘏问曰:'妇人才色并茂为难。子之娶也,遗才而好色。此自易遇,今何哀之甚?'粲曰:'佳人难再得!顾逝者不能有倾国之色,然未可谓之易遇。'痛悼不能已,岁馀亦亡,时年二十九。"

4 "一日"二句:此以逝水喻指年华,故曰"不须流下去"。

【解读】

钱仲联《李贺年谱会笺》云:"贺夫人某氏,先贺卒。按贺《集》卷三《后园凿井歌》,有'情若何?荀奉倩'等语,用荀奉倩悼亡之典。王夫之《唐诗评选》云:'悼亡诗……悲婉能下石人之泪。'是妻先贺卒。"按钱氏系于元和九年(814),可从。

"后园凿井",虽借用乐府《淮南王篇》,然皆有可稽。河南宜阳县《李贺故里调查》云:昌谷为"连昌河入洛会口处","今此处仍有一村子名后院(园)"。又,贺《咏怀二首》其一云:"长卿怀茂陵,绿草垂石井。弹琴看文君,春风吹鬓影。"是昌谷贺故居实有石砌之井;贺居家,于春风拂槛之时,当常与妻对坐井栏,故此以井上辘轳起兴。

首云辘轳长转,汲瓶入井,一下一上,则水声自繁;然玉虎牵丝,而丝声何浅也!丝者,"思"也;非言思浅,乃妻亡逝,已无可相思也。下二言己于亡妻之情,有若奉倩,不能独生。末四云日光若可长住不落,则一日化作千年,妻亦可长生不死。晋傅玄《九曲歌》云"安得长绳系白日",李白《拟古》云"长绳难系日,自古共悲辛",李义山《谒山》云"从来系日乏长绳,水去云回恨不胜",此皆诗人时光逝水之叹。人生苦短,百年不一瞬,难怪萧大圜感喟曰:"嗟乎!人生若浮云朝露,宁俟长绳系景!"

（《周书·萧大圜传》）末四句盖祖此意，希冀"一日作千年"，不应似逝水"流下去"，则夫妻可长年相守。伤悼之情，而以痴语出之，愈悲！

野 歌

鸦翎羽箭山桑弓[1],仰天射落衔芦鸿[2]。
麻衣黑帊冲北风[3],带酒日晚歌田中。
男儿屈穷心不穷,枯荣不等嗔天公[4]。
寒风又变为春柳,条条看即烟濛濛。

【注释】

1 鸦翎羽箭：箭之尾部系有黑色翎毛；或言乌鸦之翎，亦通。山桑：又名檿（yǎn）桑，落叶乔木，木质坚硬，可制弓或车辕。

2 衔芦：口衔芦草，雁用以自卫的一种生活习性。《尸子》卷下："雁衔芦而捍网，牛结阵以却虎。"

3 麻衣黑帊（pà）：意言未得科第，穿裹平民之衣服与头巾。麻衣，即麻苎衣衫，古时平民所穿。实即所谓布衣。帊，头巾，古亦称幞、帊幞、巾帊。

4 枯荣：枯萎和繁茂，泛指人之生死、盛衰、贵贱。嗔：生气，埋怨。

【解读】

据"日晚歌田中"句，当辞官归里后作于昌谷。又"北风"、"寒风又变为春柳"，则早春之象，诗或元和八年（813）春初作。

首四携弓带箭，仰天射云。麻衣黑巾，冲风，带酒，射猎长歌，此英雄失路，文士失意，胸中苦恨压抑宣泄之外化。五、六言志，云男儿当不屈心志，不因荣辱得失而责怪、埋怨上天。七、八"寒风"、"春柳"之中，似又见丝丝春景，又闻春之消息。此希冀、自宽之辞；然现实仍不可期，条条春丝，竟是烟濛一片，"春"又何曾来耶？

　　人生艰难苦恨，当须自宽自解，然现实法则是严峻的，李贺一生之憧憬希望，尽在现实中打得粉碎。可伤可哀！

勉爱行二首送小季之庐山[1]

洛郊无俎豆[2],弊厩惭老马[3]。
小雁过炉峰,影落楚水下[4]。
长船倚云泊,石镜秋凉夜[5]。
岂解有乡情? 弄月聊呜哑[6]。

别柳当马头,官槐如兔目[7]。
欲将千里别,持此易斗粟[8]。
南云北云空脉断,灵台经络悬春线[9]。
青轩树转月满床,下国饥儿梦中见[10]。
维尔之昆二十馀[11],年来对镜颇有须。
辞家三载今如此,索米王门一事无[12]。
荒沟古水光如刀,庭南拱柳生蛴螬[13]。
江干幼客真可念[14],郊原晚吹悲号号。

【注释】

1 勉爱:吴正子注:"勉爱乃勉旃自爱之意。"勉旃(zhān),劝勉努力。旃,语助词,之焉之合音。小季:指小弟。

2 无俎（zǔ）豆：俎和豆，古代祭祀或宴飨时盛食物的两种礼器。此言洛郊送行而无筵宴钱别。

3 "弊厩（jiù）"句：双关，既言小弟所乘老瘦之马；亦以自喻。

4 小雁：喻指小弟。按雁行、雁序皆比喻兄弟，故以小雁称之。炉峰：即香炉峰，在今九江西南，庐山东南。楚水：泛指古楚地之江河湖泊，此指鄱阳、九江诸水。

5 倚云泊：言江船傍庐山之云而泊。石镜：石镜峰，因山之东有一圆石如镜故名。《水经注·庐江水》："山东有石镜，照水之所出。有一圆石，悬崖明净，照见人形，晨光初散，则延曜入石，毫细必察，故名石镜焉。"

6 "岂解"二句：王琦《汇解》："即不解乡情者，对月不能不兴呜咽之悲，而况有乡情者哉！"

7 别柳：谓洛郊折柳送行，此作名词，即送行处之柳枝。古因"柳"音同"留"，故有折柳送别之俗。官槐：言朝廷于官街所树之槐。兔目：喻指槐树之新叶。《艺文类聚》卷八十八引《庄子》："槐之生也，入季春，五日而兔目，十日而鼠耳。"贾思勰《齐民要术·栽树》："枣鸡口，槐兔目，桑蝦蟆眼。"原注："此等名目，皆是叶生形容之所象似。"二句点送别在季春。

8 易斗粟：言小弟千里之庐，无非为养家糊口耳。

9 "南云"二句：言兄弟如浮云南北阻隔，天各一方，然思念之心，不能去怀而伤感流泪。灵台，指心。经络，人体内部气血运行之通路。悬春线，言心中气脉悬心思念而流泪。春线，喻泪流不止如线。

10　"青轩"二句：言老母在家，日夜思念不止，常于梦中见弟。青轩，原指豪华车子或华屋，此借指老母平居之屋。下国，指京师以外之地域，与中原相对言。饥儿，指小弟，自母亲梦中言之。

11　昆：兄，贺自指。

12　索米王门：言为谋生而奉礼京师。索米，谋生，俗言"为稻粱谋"也。王门，指朝廷、帝阙。

13　古水：积水。拱柳：合抱之柳树。拱，两手或两臂合围。蛴螬（qí cáo）：金龟子幼虫，白色，居粪土中，食植物根茎，俗称地蚕、土蚕、核桃虫。

14　江干：江岸，江边。

【解读】

据次章"辞家三载"语，诗当作于元和八年（813）春暮辞官东归后。意贺辞奉礼归里，家用维艰，故小弟为谋生计，不得已背井南去匡庐。

首章。一句点洛郊送别。《元和郡县图志》卷五："福昌县，东至府一百五十里。"则福昌似不可言"洛郊"。又次章末言"庭南拱柳"，则此次送弟，当在早年所居之洛南仁和里。"无俎豆"，言虽云送行，而无置宴饯别。二句言弟远行，惟老瘦之马为伴。王琦曰："无俎豆以饯行，即所乘之马亦非强壮，甚言贫窘之意。"此止一层意也。

"老马",亦李贺自喻。以其长兄,故云"老";"老马识途",本当由己外出谋生,今而蛰伏"弊厩",使弟离乡背井,心实愧疚,故云"弊厩惭老马"也,义绾双关。三、四以小雁喻弟,预想其南之匡庐,当"飞过"香炉峰顶,其"雁影"亦将照临南楚诸水。此喻辞,实拟言此去匡庐,谋生也难,当遍走浔阳、南康诸府。五句至八句,翻过一步,拟其船傍庐峰,夜临石镜当秋凉之夜,定对月思乡。此章一、二点"送";以下切"之庐山",均拟想之辞。

次章。洛郊送别柳丝如鬣,官槐初吐,时当春暮,与辞奉礼东归时令正合。"南云",虽即目所见,而思兄弟天各一方,情极浓挚。陆士龙《感逝》云:"眷南云以兴悲,蒙东雨而涕零。"李白《大堤曲》:"泪向南云满。"诗极愧疚奉礼长安,不能养活家口,而累及小弟!末四荒沟古水,拱柳生蚝,洛郊江干正残阳悲风,以别景写离情,感人之至。

追和何谢铜雀妓[1]

佳人一壶酒,秋容满千里[2]。

石马卧新烟[3],忧来何所似。

歌声且潜弄[4],陵树风自起。

长裾压高台[5],泪眼看花机[6]。

【注释】

1 何谢:指南朝梁何逊、南齐谢朓。铜雀妓:乐府相和歌辞平调曲,亦作《铜雀台》。何与谢均有《铜雀妓》诗,此李贺"追和"之作。何诗云:"秋风木叶落,萧瑟管弦清。望陵歌对酒,向帐舞空城。寂寂檐宇旷,飘飘帷幔轻。曲终相顾起,日暮松柏声。"谢诗云:"缭帷飘井干,樽酒若平生。郁郁西陵树,讵闻歌吹声。芳襟染泪迹,婵娟空复情。玉座犹寂寞,况乃妾身轻。"

2 秋容:秋景,秋色。

3 "石马"句:言魏武陵前石马卧于坟草之中,青草远望如烟。石马,古代帝王及官贵墓前例列石雕之卧马。

4 潜弄:隐隐地吹奏,此言哀声低唱。潜,隐隐。弄,吹奏、拨弄。

5 "长裾(jū)"句:王琦《汇解》:"谓妓妾众多,满列台中。"裾,衣服之前后襟,亦泛指衣服的前后部分。

6　花机：花几，雕花之几案。"机"、"几"通，几案。

【解读】

一、二言铜雀妓妾为魏陵奠酒，望西陵墓田，但见秋风萧瑟，秋景萧然，言下操之音容已不可见矣。三、四言望陵前秋草如烟，惟石马卧伏草中，心中之忧伤不可言状。五、六言妓人献乐，未敢高扬，惟潜弄隐作，低声歌唱；墓田惟秋风陵树，摇曳作响。七、八言魏武离世已久，亦不知几度春秋，而妓人侍妾仍闭锁铜雀！王琦《汇解》引曾谦甫云："泪眼看几，非哭老瞒，正自伤薄命耳。"说是。

此借咏铜雀妓妾而伤宫妓命运之不能自主也。诗当辞奉礼后昌谷、东洛往返时作，附编元和八年（813）。

三月过行宫[1]

渠水红繁拥御墙[2],风娇小叶学娥妆[3]。
垂帘几度青春老, 堪锁千年白日长。

【注释】

1 行宫:古时皇宫以外供皇帝出行时居住的宫室。
2 红繁:红草与繁草,亦作荭蘩。荭草,又名水荭、红蓼,多生水边湿地。蘩草,白蒿,亦生水边湿地。
3 娥妆:即蛾妆,此指宫女之眉饰。"娥"、"蛾"同。

【解读】

长安至东都行宫有多处,著者如华清宫(临潼)、连昌宫(福昌)、上阳宫(洛阳)等。此"行宫"或指洛阳上阳宫。李贺已有《过华清宫》诗,且唐人诗每以华清(宫、池)、骊宫为题,而不以"行宫"称华清。而连昌宫,据元稹《连昌宫词》,已是"行宫闭门","荆榛栉比","舞榭欹倾","狐兔骄痴",当不再有宫女入住。

诗言初入宫之少女尚学眉叶娥妆,不知御墙高拥,宫门监守,而墙外为渠水荭蘩所围,插翅而难以飞逃,惟长年白日,虚度青春,锁闭至老也。白居易《上阳白发人》

云:"绿衣监伎守宫门,一闭上阳多少春。玄宗末岁初选入,入时十六今六十。"可与此诗同参。

王濬墓下作[1]

人间无阿童,犹唱水中龙[2]。
白草侵烟死,秋藜绕地红[3]。
古书平黑石,神剑断青铜[4]。
耕势鱼鳞起,坟科马鬣封[5]。
菊花垂湿露,棘径卧干蓬。
松柏愁香涩,南原几夜风。

【注释】

1 王濬:西晋大将。晋武帝伐吴,曾诏其修舟舰,乃造大船连舫,方百二十步,乘二千馀人。以木为城,起楼橹,开四出门,其上皆得驰马来往。其墓在今河南灵宝。刘禹锡《西塞山怀古》:"王濬楼船下益州,金陵王气黯然收。"

2 "人间"二句:阿童,王濬小字。《晋书·羊祜传》:"初,祜以伐吴必藉上流之势。又时吴有童谣曰:'阿童复阿童,衔刀浮渡江。不畏岸上兽,但畏水中龙。'祜闻之曰:'此必水军有功,但当思应其名者耳。'会益州刺史王濬征为大司农,祜知其可任,濬又小字阿童,因表留濬监益州诸军事,加龙骧将军,密令修舟楫,为顺流之计。"

3　白草：我国北方的一种野草，经霜或干枯即白，故称。秋藜：秋日野草。

4　"古书"二句：言所见墓碑上之字岁久而漫漶磨平，臆想随葬之宝剑亦已锈蚀断折。古书，墓碑上所镌之字。书，字。黑石，以黑色石为碑版。神，一作"袖"。

5　坟科：坟堆。科，用同"颗"，土块。马鬣封：即马鬣坟，坟墓封土的一种形状。亦泛指坟墓。

【解读】

此凭吊王濬墓，感叹元和间无平定藩镇如王濬之将帅。

一、二"阿童"、"水中龙"点王濬，言今日已无王濬，然百姓为割据所苦，至今仍唱"水中龙"，盼其有也。三句以下写"墓"之荒凉，自坟上枯草，写到墓碑，并拟想墓中随葬之青铜宝剑，亦因锈蚀而已断折。一代英雄，坟园已成耕地；茔原萧瑟，南园几夜秋风！

末联以颓丧之情，移为衰飒之境，怀古伤今，气象开阔，如"西风残照，汉家陵阙"也。诗或辞奉礼后复至长安经灵宝吊王墓而作，约当元和八年（813）或九年秋。

感 春

日暖自萧条,花悲北郭骚[1]。

榆穿莱子眼[2],柳断舞儿腰[3]。

上幕迎神燕,飞丝送伯劳[4]。

胡琴今日恨,急语向檀槽[5]。

【注释】

1 北郭骚:春秋时齐国贫士。《吕氏春秋·士节》:"齐有北郭骚者,结罘网,捆蒲苇,织屦履,以养其母犹不足,踵门见晏子曰:'愿乞所以养母。'晏子之仆谓晏子曰:'此齐国之贤者也,其义不臣乎天子,不友乎诸侯,于利不苟取,于害不苟免。今乞所以养母,是说夫子之义也,必与之。'晏子使人分仓粟、分府金而遗之。辞金而受粟。"李贺家贫,又有老母,故以北郭骚自比。

2 莱子眼:指榆荚。王琦《汇解》引吴正子注:"'莱子',当作'来子'。宋废帝景和元年(465),铸二铢钱,文曰'景和'。形式转细,无轮廓不磨凿者,谓之'来子',尤轻薄者谓之'荇叶',今榆荚似之。又《宋书》作'耒子',如此则'耒'字误作'来',又转误作'莱'也。"按,榆荚,榆树之实,初春先于叶而生,连缀成串,形似铜钱,俗呼榆钱。此云"莱子眼"视榆荚钱尤轻薄,借以比初春之榆荚。

3 "柳断"句：言柳枝轻柔欲断，似舞女之细腰。

4 神燕：古人以燕至为求子之候，须张幕而祭神媒，故称神燕。伯劳：鸟名，又名鹎、鸠，善鸣。

5 胡琴：唐时泛指传自西北少数种族之弦拨乐器如琵琶、五弦、箜篌、忽雷等。檀槽：琵琶、月琴等弦乐器架弦之檀木凹槽格子。

【解读】

春暖花开，榆柳争长；神燕伯劳，迎来送往。是春神已降，一片生机。然如此春光，却令人哀伤！望日暖而觉萧条，见春花而感花悲；听胡琴而传恨，向檀槽而惨切，只因贫士失职如北郭骚之无以养母也。

此诗首尾二联抒哀情，中二联叙乐景。哀、乐相衬，尤显悲挚。诗当作于元和九年（814）仲春。

大堤曲[1]

妾家住横塘[2],红纱满桂香[3]。青云教绾头上髻[4],明月与作耳边珰[5]。莲风起,江畔春;大堤上,留北人。郎食鲤鱼尾,与客猩猩唇[6]。莫指襄阳道[7],绿浦归帆少[8]。今日菖蒲花[9],明朝枫树老。

【注释】

1 大堤曲:乐府西曲歌名。本诗当为元和九年(814)南游吴楚经襄阳,拟乐府旧题而作。大堤,在襄阳府城外,东临汉水。

2 横塘:王琦《汇解》:"横塘与大堤相近,其地当在襄阳,非金陵沿淮所筑之横塘也。"然李贺此处实乃化用崔颢《长干行》"君家住何处?妾住在横塘"句意。

3 红纱:红纱衣。或言指红色窗纱,亦通。

4 青云:喻指黑发。青,黑色。绾(wǎn):绾髻,言盘绕发髻。绾,系结。

5 珰(dāng):古代妇女之耳饰。

6 "郎食"二句:王琦《汇解》:"鲤尾、猩唇,皆珍美之味,以见饮食之丰备。"

7 "莫指"句:言莫向襄阳大道而离去。莫指,莫向。

8　绿浦：绿水之滨。

9　菖蒲：此指石菖蒲，生于水石之间，春二月开花，传说人食之可却老长年。

【解读】

此拟乐府西曲，亦祖《襄阳乐》遗意。

张柬之《大堤曲》云："南国多佳人，莫若大堤女。"按，襄阳大堤当汉水之曲，与樊城隔汉相望，京师、河东、河南至江陵驿道所经，东出武昌，北通南阳，西至商洛，南抵江陵，商铺鳞栉，行旅云集，歌女舞乐盛况不减扬、益。孟浩然《大堤行》即云："大堤行乐处，车马相驰突。"杨巨源《大堤曲》言大堤女"岁岁逢迎沙岸间，北人多识绿云鬟"。意贺元和九年（814）南游吴楚，往返经襄阳，或有所遇。故通首拟大堤女之"留北人"。"北人"，古泛称北方之人。《颜氏家训·风操》即有"北人"、"南人"之说："南人宾至不迎，相见捧手而不揖，送客下席而已；北人迎送并至门，相见则揖。"诗中"北人"，当指襄阳以北，关内、河东、河南诸道而言。李贺故里在河南府福昌县，自属诗中所谓"北人"。

诗肖拟大堤女之声口。一、二大堤女自炫居止。三、四自美其云鬟鬒发，耳饰耀首。五、六廋语，乃一篇之关目，不可草草阅过。"莲风"，"怜风"也；言"北人"与大堤女男情女意，风情缱绻。"春"，春心摇漾；"江畔春"言男女于大堤（江畔）正春风一度，缠绵蜜意，春兴正浓。"风"、"春"皆寓男女欢爱之特定情韵，诗词、戏曲、说部中习见。"莲风起，江畔春"，莲风则已入夏，江畔岂能春日，知非指时令季节，实为廋词隐语。七、八"大堤上，留北人"，一篇之主意：言大堤女愿留北人多盘桓时日。其所以留者，虽有欢悦之情，而多为"商业行为"。施肩吾《襄阳曲》言之甚明："大堤女儿郎莫寻，三三五五结同心。清晨对镜冶容色，意欲取郎千万金。"是则与郎"结同心"是虚，"取郎千万金"才是大堤女之目的所在。九、十"鲤鱼尾"、"猩猩唇"，意亦隐语。"肉之美者，猩猩之唇"，虽于典有据，然鲤鱼之尾，乃寻常之物，却教"郎食"，殊不可解。按《经籍纂诂》卷六引《诗·灵台》序云："鱼，阴虫也"，又《易·井》云："鱼为阴物。"是鱼为女子之隐喻；"食鱼"则为男女交欢之廋语。《诗·齐风·敝笱》以鱼喻文姜。《诗·桧风·匪风》以烹鱼比思念妻子。《诗·陈风·衡门》则以"食（鲤）鱼"比娶妻："岂其食鱼，必河之鲤？岂其娶妻，必宋之子？"然何以以鱼为喻？闻一多在《神话与诗·说鱼》中论证：鱼作为"匹偶"、"情侣"的象征实源于鱼的"繁殖功能"。是"郎食鲤鱼尾"，似言"北人"已将妾"食"之矣。又"尾"，女子性器之象征；"交尾"，即男女交接。《书·尧典》："厥民析，鸟兽孳尾。"孔传："乳化曰孳，交接曰尾。"《列子·黄帝》："雄雌在前，孳尾成群。"《广韵》："尾，交接曰尾。"清王筠《说文句读》："尾，交接也。"此"郎食鲤鱼尾"为男女交欢之又一证。

而"与客猩猩唇",猩唇固可解为"肉之美者",然与上解"鲤鱼"对文,则"猩唇"当亦寓指隐事。按,"猩猩",《玉篇》云"如狗,而似人",《吕氏春秋·本味》高诱注"人面狗躯"。又猩,鲜红之色。张祜《上巳乐》云"猩猩血彩系头标",皮日休《重题蔷薇》云"浓似猩猩初染素",韩冬郎《已凉》云"猩色屏风画折枝",是"猩猩唇"为言"鲜红之唇吻",故此当指大堤女之燕脂唇吻也。而"与客"云云则自可意会。下云莫向襄阳驿道而北归,归则难再一会,君不见汉水归帆之少耶?末二言今日欢爱,妾如春日菖蒲始花,青春美艳。设若明朝再至,恐妾青春已暮,而如秋枫之礴老砢丑。亦"花开堪折直须折"之意。

笔者所解与旧笺迥异,读者鉴之。唐士子冶游邪狎,习俗如此。贺元和九年(814)南游吴楚,经襄阳,遇"大堤女",自亦不能免俗。"解读"揭其义如此,非苛责于古人。明曾益《昌谷集》笺云"此言当垆者之情意","述相得之欢","致缱绻之情",可以同参。诗系年据刘衍《李贺年谱新笺》。

走马引[1]

我有辞乡剑,玉锋堪截云[2]。
长安走马客,意气自生春。
朝嫌剑花净,暮嫌剑光冷。
能持剑向人,不解持照身。

【注释】

1 走马引:本乐府琴曲歌辞。郭茂倩《乐府诗集》卷五十八"解题"曰:"一曰《天马引》。崔豹《古今注》曰:'《走马引》,樗里牧恭所作也。为父报怨,杀人而亡,匿于山之下。有天马夜降,围其室而鸣,觉闻其声,以为追吏,奔亡而去。明旦视之,乃天马迹也。因惕然大悟曰:岂吾所处之将危乎?遂荷粮而逃,入于沂泽中,援琴而鼓之,为天马之声,故曰《走马引》也。'"

2 玉锋:闪亮耀目之剑锋。

【解读】

此借古题以刺剑客之为人所用,盲目行刺而不为身家计。姚文燮以为咏盗杀武元衡事,可从。

姚文燮《昌谷集注》云:"元和十年(按当为九年,814),盗杀武元衡,击裴度伤首,诏中外收捕。有恒州张晏八人,行止无状,神策将军王士则告王承宗遣晏等所为，鞠服斩之。贺盖惜客之不明大义，徒信叛逆，妄刺朝贵，卒至首悬大桁，昧昧捐躯何益耶？两'嫌'字状客以有事为乐，朝净暮冷，对之不无郁郁。"按，新、旧《唐书·李师道传》皆云：杀武元衡者，为师道所遣寇嘉珍、门察等人。武元衡被刺，实元和九年（814）六月三日（《旧唐书·武元衡传》），时李贺正取道长安，拟南游吴楚，此或于长安有所闻见而作。或云元和十年李师道败后案破时作，亦可。

或据首字"我"字，以为"走马客"乃李贺自指："言己能持剑向人，而不能自照，所以不免于见嫌，感己不遇，故云尔。"按，首二当为剑客自诩之辞，非贺自指。五、六"朝嫌"、"暮嫌"，与自指亦不合。

巫山高[1]

巫山丛碧高插天,大江翻澜神曳烟[2]。
楚魂寻梦风飔然[3],晓风飞雨生苔钱[4]。
瑶姬一去一千年[5],丁香筇竹啼老猿[6]。
古祠近月蟾桂寒,椒花坠红湿云间[7]。

【注释】

1　巫山高:本乐府鼓吹曲辞。《乐府诗集》卷十六引《乐府解题》曰:"古词言,江淮水深,无梁可渡,临水远望,思归而已。若齐王融'想象巫山高',梁范云'巫山高不极',杂以阳台神女之事,无复远望思归之意也。"

2　神曳(yè)烟:神,指巫山神女。王琦《汇解》:"烟,云也;曳烟,即行云之意。"曳,行也,拖曳。

3　楚魂寻梦:指楚王梦遇巫山神女事。风飔(sī)然:言风吹凉意、微寒。

4　苔钱:苔藓形圆如钱。

5　瑶姬:相传为天帝小女,即巫山神女。

6　丁香:俗称鸡舌香,丁子香。筇(qióng)竹:竹名,因高节实中,可用作手杖。

7　"古祠"二句:言神女之祠高寒近月,而椒花红实寂寞自落。蟾桂,指月,相传月中有蟾蜍、桂树,故称。王琦《汇解》:"'近月蟾桂寒',言其高峻;椒花坠红,即无人花自落之意。"椒花,椒树四月开淡黄或白色细花,然唐人所言者乃是椒树籽实,今名花椒。椒,亦称花椒,落叶灌木或小乔木,有香气,籽实可作香料,供药用。

【解读】

此当为南游吴楚,经巫山谒神女庙之作。放翁《入蜀记》云:"过巫山凝真观,谒妙用真人祠。真人即世所谓巫山神女也。祠正对巫山,峰峦上入霄汉,山脚直插江中。议者谓太华、衡庐皆无此奇,然十二峰不可悉见,所见惟八、九峰,惟神女峰最为纤丽奇峭,宜为仙真所托。"则神女庙宋称妙用真人祠。

楚魂寻梦,神女已去;我亦梦寻,奈何未遇!贺诗借游巫山谒神女祠,而抒"高丘无女、神女不遇"之叹,寓意显然,真"骚之苗裔"也。

钓鱼诗

秋水钓红渠,仙人待素书[1]。

菱丝萦独茧[2],菰米蛰双鱼[3]。

斜竹垂清沼,长纶贯碧虚[4]。

饵悬春蜥蜴,钩坠小蟾蜍[5]。

詹子情无限,龙阳恨有馀[6]。

为看烟浦上,楚女泪沾裾[7]。

【注释】

1 "仙人"句:王琦《汇解》:"《列仙传》云:'陵阳子明者,铚乡人也,好钓鱼,于旋溪钓得白龙,子明惧,解钩拜而放之。后得白鱼,腹中有书,教子明服食之法。子明遂上黄山采五石脂,沸水而服之。'所谓'仙人待素书',疑用此事。"

2 独茧:即独茧之丝,亦称独茧丝、独茧缕。《列子·汤问》:"詹何以独茧丝为纶,芒针为钩,荆条为竿,剖粒为饵,引盈车之鱼于百仞之渊,汩流之中;纶不绝,钩不伸,竿不绕。"

3 菰(gū)米:即菰蒋之实,俗称茭白,亦称菰粱、雕胡米,古以为六谷之一。蛰(zhé)双鱼:"双鱼蛰"之倒文,言有双鱼潜伏于菰米之下。蛰,伏、藏伏。

4　长纶（lún）：长丝，长线，多指钓竿所系之丝线。纶，粗丝线。碧虚：碧空，碧天。虚，天空。此指碧空倒映水底，借以指绿水，即上所云"红渠"、"清沼"之水。

5　蜥蜴（xī yì）：爬行小动物，在壁称蝘蜓，守宫，俗称壁虎；在水草中爬行者，名石龙子，俗称四脚蛇，大于壁虎。蟾蜍（chán chú）：两栖类小动物，俗称癞蛤蟆。形类蛙，人或误取以为食，则中其眉毒。二句言"蜥蜴"、"蟾蜍"皆作钓饵，非所钓为蜥、蟾也。

6　詹子：詹何，见注 2 "独茧"引《列子·汤问》。龙阳：指战国魏王男宠龙阳君。《战国策·魏策四》："魏王与龙阳君共船而钓，龙阳君得十馀鱼而涕下。王曰：'有所不安乎？如是，何不相告也？'对曰：'臣无敢不安也。'王曰：'然则何为出涕？'曰：'臣为王之所得鱼也。'王曰：'何谓也？'对曰：'臣之始得鱼也，臣甚喜，后得又益大；今臣直欲弃臣前之所得矣。今以臣凶恶，而得为王拂枕席。今臣爵至人君，走人于庭，辟人于途。四海之内，美人亦甚多矣，闻臣之得幸于王也，必褰裳而趋王。臣亦犹曩臣之前所得之鱼也，臣亦将弃矣，臣安能无涕出乎？'"

7　楚女：楚地女子，此泛指美丽之女子。泪沾裾（jū）：言泪下沾襟也。裾，前襟。

【解读】

此诗或南游吴楚时见烟浦上思妇望水流泪而拟想寓言

之作。据钱仲联《李贺年谱会笺》，作于元和二年（807）秋日。

一至八句叙一"仙人"垂钓，当所见实录，然比兴寓托之意甚明："仙人"垂钓而待素书，以求修炼成仙，汉严忌《哀时命》云"下垂钓于溪谷兮，上要求于仙者"；士子垂钓，则寓入仕求官，孟浩然《临洞庭湖呈张丞相》云"坐观垂钓者，徒有羡鱼情"；而男女相恋欢爱，又常以鱼喻女子然男子常钓常弃，弃小就大，弃敝迎新。故此仙人垂钓，具寓多义，下引詹子、龙阳可证。而詹子、龙阳，与"仙人"比并为三。仙人垂钓，虽未钓得，而求待之心永在未泯。詹子所钓"盈车"，其乐无穷；龙阳君所钓可十馀，由鱼思己，惧为魏王所弃而流泪。此三者皆寓言也：人生仕途得失难料，或永远期待、无有已时，如"仙人"；或踌躇满志、其情无限，如詹何；或虽入仕途，而患宠幸之衰，为君所弃，如龙阳。期待者，或得，或永世不得；既得者则望再得、多得，弃小趋大；得"大鲲"者，亦无餍足之时，而望其又大。此世人心之所同，然或得或失，或永远不得而得失难料，人生之运命实不可知也；未得者不必期，得小者不必悲，得大者亦不必喜！

末二笔锋陡转，以烟浦楚女之泪下沾襟作结。运命之难料，人生之无常，不以"理"结、"情"结，而以转望烟浦，见楚女泪下沾裾结，此"神"结、"景"结也。以"我神"注入楚女烟浦下泪之"景"为结，极篇终混茫之致；不惟思之深，且多象外之旨，韵外之致也。人之求仙、求仕，亦如楚女烟浦之望夫；哀所待之不得，伤红颜之被弃，叹情意之难定。

罗浮山人与葛篇[1]

依依宜织江雨空,雨中六月兰台风[2]。
博罗老仙持出洞,千岁石床啼鬼工[3]。
毒蛇浓吁洞堂湿,江鱼不食衔沙立[4]。
欲剪湘中一尺天,吴娥莫道吴刀涩[5]。

【注释】

1 罗浮:罗浮山在岭南增城、博罗县境,东江北岸。晋葛洪曾在此修道,道教称为第七洞天。山人:山中隐士,或指称仙家、道士。人,一作"父"。葛:多年生草本植物,茎皮析为丝缕可织葛布,以制夏衣。

2 "依依"二句:言葛缕轻柔细软如江雨濛濛;制成葛衣,虽夏日,穿之犹兰台之风飒然凉爽。依依,轻柔披拂、依稀隐约貌。兰台风,借指凉风。兰台,战国时楚国台名,故址在今湖北钟祥县。宋玉《风赋》:"楚襄王游于兰台之宫,宋玉、景差侍。有风飒然而至,王乃披襟而当之,曰:'快哉!此风。寡人所与庶人共者邪?'"

3 博罗老仙:指代罗浮山人。罗浮山在博罗县境,山多洞壑,故言"持出洞"。石床:山洞中石制之坐卧用具。啼鬼工:"鬼工啼"之倒文。王琦《汇解》:"鬼工,谓工作之巧者。以其精细至极,似非人工所能,故谓之鬼工。言此葛者乃鬼工所为,今山人持之出洞,鬼工知其将以与人，故惜之而啼也。"

4　"毒蛇"二句：王琦《汇解》："蛇因湿闷薰蒸而毒气不散，江鱼因水热沸郁而静伏不食。极言暑溽之象，以起下文命人剪葛制衣之意。"吁，呼气。

5　湘中一尺天：言天映湘水，水清云白，喻葛布之莹白。此用老杜《戏题王宰画山水图歌》"焉得并州快剪刀，剪取吴淞半江水"句意。吴娥：吴地美女。吴刀：吴地所产之剪刀。鲍照《代白纻舞歌辞》："吴刀楚制为佩袆，纤罗雾縠垂羽衣。"

【解读】

　　此诗因罗浮山人赠葛起兴，驰骋想象，极言葛布之轻柔如烟，织女之巧夺鬼工，似书赠罗浮山人之歌。贺未至岭南，据"湘中"，似南游吴楚时作。七、八想象奇特，意境鲜活。

江南弄[1]

江中绿雾起凉波,天上叠巘红嵯峨[2]。
水风浦云生老竹,渚暝蒲帆如一幅[3]。
鲈鱼千头酒百斛,酒中倒卧南山绿。
吴歈越吟未终曲[4],江上团团贴寒玉[5]。

【注释】

1　江南弄:本乐府旧题,属清商曲辞。《乐府诗集》卷五十引《古今乐录》曰:"梁天监十一年冬,武帝改西曲,制《江南上云乐》十四曲,《江南弄》七曲。"

2　叠巘(yǎn):山峰险峻重叠貌。巘,本指山峰形如甑者,或云"上大下小"。此句"天上叠巘",当喻指云层。

3　蒲帆:以蒲草编织之船帆。李肇《唐国史补》:"舟船之盛,尽于江西;编蒲为帆,大者或数十幅。"

4　吴歈(yú)越吟:吴声越曲,泛指江南歌曲。吴歈,原指春秋时吴国之歌,后即以泛称吴声、吴歌。越吟,春秋时越国之歌。

5　团团:团圞之意。寒玉:冷玉。此喻指江月。

【解读】

此或贺元和九年(814)南游吴楚作。据"渚暝"字及"酒中倒卧南山绿"句,似薄暮作于江岸某处山边林涘。上半望中所见江南景色:江中绿雾,天际红云;江岸林竹,暝渚归帆,江南风景如画。下半言有鲈鱼美酒之乐,杯中山绿倒影;卧听吴声越吟,直至寒月贴江。

诗用"越吟"事,亦寄托思乡之情。《史记·张仪列传》载:越人庄舄仕楚,爵至执圭,虽官贵而不忘故国,病中吟越歌以寄乡思。故郎士元《宿杜判官江楼》有云:"叶落觉乡梦,乌啼惊越吟。"贺失意而游吴楚,虽江南美景,亦起乡思。

"寒玉"或喻弦声、秋水,或喻凉枕、砚石;或喻涛声、喷泉……惟贺以比明月。此可见贺诗之务去陈言;虽用他人语,亦必出己意。韦应物《五弦行》:"古刀幽磬初相触,千珠贯断落寒玉。"此喻弦声也。李群玉《引水行》:"一条寒玉走秋泉,引出深萝洞口烟。"此以喻秋水也。白居易《苦热中寄舒员外》:"藤床铺晓雪,角枕截寒玉。"此喻凉枕也。刘禹锡《谢柳子厚寄叠砚》诗:"清越敲寒玉,参差叠碧云。"此以喻砚石也。朱庆馀《看涛》云:"风雨驱寒玉,鱼龙迸上波。"此又喻波涛也。李玖《喷玉泉感旧游》:"伤心谷口东流水,犹喷当时寒玉声。"此又以喻喷泉……贺亦用"寒玉",而以明月为比,出以己意而不拾人牙慧。

苏小小墓[1]

幽兰露,如啼眼[2]。无物结同心,烟花不堪剪[3]。草如茵,松如盖[4]。风为裳,水为珮[5]。油壁车[6],久相待。冷翠烛,劳光彩[7]。西陵下[8],风吹雨。

【注释】

1 苏小小:南齐钱塘名妓。《乐府诗集》卷八十五《苏小小歌》:"我乘油壁车,郎乘青骢马。何处结同心,西陵松柏下。"《乐府广题》曰:"苏小小,钱塘名娼也,盖南齐时人。西陵在钱塘江之西,歌云'西陵松柏下'是也。"王琦《汇解》引《方舆胜览》:"苏小小墓在嘉兴县西南六十步,乃晋之歌妓。今有片石在通判厅,题曰'苏小小墓'。"

2 啼眼:泪眼。

3 结同心:旧时用锦带或花草编成连环回文样式的结子,称同心结,用以象征和表示坚贞的爱情。烟花:雾霭中蒙胧之幽花,此借指幽暗的坟上之花。

4 茵:衬垫、褥子,此借指坟墓之棺褥。盖:伞。

5 裳:下裙。珮:古时系在衣带上之玉饰。

6 油壁车:古时妇女所乘之车,车身饰以油漆,故名。

7　冷翠烛：言坟地燐火（鬼火）闪动着绿翠幽冷之光。冷翠，使人感觉幽冷之翠绿色。劳光彩：言磷火泛着微弱的光。劳，疲惫、劳乏，此处引申为微弱。

8　西陵：今杭州孤山西北尽头处，有桥曰西陵桥。周密《武林旧事·湖山胜概》："西陵桥，又名西林桥，又名西泠。"

【解读】

李贺元和九年（814）曾南行依和州十四兄，所经有和州、江宁、嘉兴、吴兴、钱塘、会稽等地（参见钱仲联《李贺年谱会笺》）。此诗当是年至嘉兴谒苏小小墓作。

首二言墓旁幽兰缀着露珠，似小小之泪眼。三、四望坟上幽花而思及古乐府《苏小小歌》："何处结同心，西陵松柏下。"然幽花不堪剪取，故诗人遗憾地歉告小小："无物结同心。""草如茵"四句写墓地荒落：坟草如茵，松柏如盖；风是小小的下裙，水作小小的玉珮。"油壁车"以下六句，诗人幻拟之辞：苏小小还活着，或者她的鬼魂仍在油壁车内，久久地等待着自己。然而定神一望，什么也没有，只有墓地四周鬼火冷冷地泛着微微的绿光。诗人一转念：小小或许正在钱塘西泠松柏下的凄风苦雨中等着自己！诗中充满"鬼气"，真"鬼仙之辞"也。曾益评曰："凄凉、楚惋之中，寓妖艳幽涩之态，此所以为苏小墓也。"（《昌谷集》）

莫种树

园中莫种树,种树四时愁。
独睡南窗月[1],今秋似去秋。

【注释】

1 南窗:朝南之窗,多寓指独居、孤栖。

【解读】

此秋夜不寐,闻秋风摇叶,园树悲鸣,而引触愁思,故云"园中莫种树,种树四时愁"。言下春愁黯黯,夏则昏昏,冬又雪沃,不惟秋日西风摇树也。遥望南窗月色,秋月如旧,年年愁困昌谷,一年过去,又是秋来,悲秋无日。故云今秋亦如去秋也。疑元和九年秋(814)作。

将 发[1]

东床卷席罢,濩落将行去[2]。
秋白遥遥空,月满门前路。

【注释】

1 将发:行将起程。发,出发、起程。

2 濩(huò)落:原谓廓落、空廓无所用,此引申为沦落失意。此贺自言沦落失意,生无所用。

【解读】

此元和九年(814)秋赴潞州幕临行作。贺感一生濩落无用,沉沦失意;长安三年,惟奉杂役,与臣妾无二(见《赠陈商》)。然此行又将如何?秋晓茫茫,月满前路。结以混茫月色,一片蒙胧,是前程渺茫,未可知也。此心灵外化,与眼前景色相契,而以景结情。

高平县东私路[1]

侵侵槲叶香[2]，木花滞寒雨。

今夕山上秋，永谢无人处。

石溪远荒涩[3]，棠实悬辛苦[4]。

古者定幽寻[5]，呼君作私路。

【注释】

1 高平县：唐属河东道泽州，今属山西。东私路：当在高平县东。

2 侵侵：稠密貌。槲（xiè）叶：松樠之叶，有香气。

3 石溪：即石蹊。蹊，小路。

4 棠实：棠梨之果实，此当指赤棠，俗称野梨，实涩无味。贺诗言棠实"辛苦"，或山间另有果木，或移情于棠果。

5 幽寻：谓探寻幽胜之人。

【解读】

此当元和九年（814）秋赴潞州幕途经高平所作。诗就路名"私路"生发。言山间静寂无人，山径透迤荒涩。赤棠虽涩而并不"辛苦"，而贺言"棠实悬辛苦"，正是踽踽蹊径，辛苦寂寞之情的外化。末二言古时定有隐者寻幽探胜至此而无人知晓，故唤作"私路"。言外虽友人招赴潞州，亦不过饱饥腹耳，不如隐此幽胜之地。

将进酒[1]

琉璃钟，琥珀浓[2]，小槽酒滴真珠红[3]。烹龙炮凤玉脂泣[4]，罗屏绣幕围香风[5]。吹龙笛，击鼍鼓[6]。皓齿歌，细腰舞。况是青春日将暮[7]，桃花乱落如红雨[8]。劝君终日酩酊醉[9]，酒不到刘伶坟上土[10]。

【注释】

1 将进酒：本乐府旧题，属鼓吹曲辞。郭茂倩《乐府诗集·解题》曰："大略以饮酒放歌为言。"

2 琉璃钟：琉璃所制之酒钟。琉璃，一种有色半透明的玉石。钟，古代盛酒之器，用如今之酒壶。琥珀：松柏树脂化石。按，琥珀色淡黄、褐，或红褐，似黄酒、红酒之色，故亦以称代美酒。

3 小槽：酿酒之器具，即酒槽。真珠红：一种色红的美酒。《酒小史》："潞州珍珠红。""真珠"即"珍珠"。

4 "烹龙"句：言烹煮煨烤珍奇之肴馔，镬中油脂溢出，发出声响。烹，煮。炮（páo），烤。将食物置火中或带火之热灰中煨熟。

5 罗屏绣幕：丝罗之屏幕、帐幕。节度军营俗称罗幕。

6 鼍（tuó）鼓：以鼍皮蒙制之鼓，其声如鼍鸣。按，鼍，扬子鳄，俗称猪婆龙。参见《黄家洞》注7。

7　青春：春天。春天草木青绿，故称。

8　乱落：即落花缤纷。乱，缤纷弥漫。红雨：喻指纷落之红花，此指桃花。

9　酩酊（mǐng dǐng）：喝酒大醉之态。

10　刘伶坟：刘伶，晋沛国人，坟在汝宁府光州。《晋书·刘伶传》："（刘伶）常乘鹿车，携一壶酒，使人荷锸而随之，谓曰：'死便埋我。'"

【解读】

或据"劝君"句，以为诗乃奉劝及时行乐之辞，此于贺诗未能深味之言。窃以为此贺宣泄胸中郁结苦痛，借酒消愁之作。据《酒小史》云"潞州珍珠红"，则诗当元和九年（814）后作。贺有《七月一日入太行山》诗，是元和九年春夏尚在昌谷。诗言"青春日将暮"，则此当作于元和十年暮春。时河南尹郗士美兼潞州长史、昭义节度使，张彻为司章奏，贺又依张彻协办掌书记事，未正式辟聘。先是应举失意，再辞奉礼；然至潞州日久，未见幕职之辟。此当于军幕中与一班文职僚佐招女乐侑觞解忧之作。

上半极言酒美、肴佳、歌舞之盛，使人暂忘忧苦。下半"况是青春日将暮"，一句转入正题。青春，双关季候与年龄。言春日将尽，华年易逝。桃花最是秾艳，而纷纷下落，如红雨飘飞，人又安能不老死！故末接"劝君"云云。言今宵有酒，自当对酒而歌，即如刘伶，一生好酒常饮，如今已死，即便洒奠坟土，又焉能再饮？故云"酒不到刘伶坟上土"也。

虽有愤懑不平，而无颓唐之意。"桃花乱落如红雨"，绝妙好辞！

潞州张大宅病酒，遇江使寄上十四兄[1]

秋至昭关后[2]，当知赵国寒[3]。

系书随短羽，写恨破长笺[4]。

病客眠清晓，疏桐坠绿鲜。

城鸦啼粉堞[5]，军吹压芦烟。

岸帻崇纱幌[6]，枯塘卧折莲。

木窗银迹画，石磴水痕钱[7]。

旅酒侵愁肺，离歌绕懦弦[8]。

诗封两条泪，露折一枝兰[9]。

莎老沙鸡泣[10]，松干瓦兽残[11]。

觉骑燕地马，梦载楚溪船。

椒桂倾长席，鲈魴斫玳筵[12]。

岂能忘旧路，江岛滞佳年。

【注释】

1 潞州：今山西长治。张大：张彻（777—821），因排行居大，故称。元和进士，累官至范阳府监察御史。后死于幽州（今北京大兴）军乱。元和九年（814），张彻入幽州郗士美幕，贺往依。十四兄：李贺从兄，排行十四。据首句"昭关"字，李十四当官和州。

2 昭关：在今安徽含山县北，小岘山西。昭关春秋时为吴楚界地，往来要冲。楚人伍子胥奔吴，即经此道。

3 赵国：此代潞州。唐潞州，春秋时为潞子国。战国为韩别郡，曰上党。其后冯亭以上党降赵，故诗曰"赵国"。潞州今属山西。

4 短羽：系于加急书信之鸟羽。古以木简作书，加急则系以鸟羽。此言托江使急上十四兄也。后引申亦代寻常书信。破长笺：言书信之长。破，尽。

5 粉堞（dié）：用白垩涂抹之女墙。堞，城墙上呈齿形（凹凸形）之矮墙，亦称女墙。

6 岸帻（zé）：推起头巾，露出前额，言衣着简率不拘，形态洒脱自如。帻，古时包扎发髻之头巾。褰（qiān）纱幌（huǎng）：掀起窗帷。褰，掀、撩，用手提起。幌，帘帷，多用丝或棉纱制成。

7 "木窗"二句：言木窗上涂银之彩画已褪，惟留痕迹；庭院中之石凳久无人坐，水渍渐成苔藓。

8 懦弦：喻指柔肠。陆机《猛虎行》："急弦无懦响，亮节难为音。"懦响，低柔之音，此贺引申言离歌绕柔肠也。

9 "露折"句，言露折兰摧，喻己病或不起，此用毛伯成事。《世说新语·言语》："毛伯成既负其才气，常称'宁为兰摧玉折，不作萧敷艾荣。'"贺至潞，或已病重，故有露摧兰折之叹。

10 莎（suō）老：言莎草已枯黄。莎草生河边沙地，夏季开穗状小花，秋深即枯黄。沙鸡：即莎鸡，虫名。见《房中思》注5。

11　松干：言瓦松枯干。瓦松，草名，喜生屋瓦上或石缝里，叶厚，细长而尖，望之如松，故名。瓦兽：兽形之陶制品，常用以饰屋，如屋上鸱尾，狻猊之类。

12　椒桂：言椒浆桂酒。《楚辞·九歌·东皇太一》："奠桂酒兮椒浆。"王逸注："桂酒，切桂置酒中也；椒浆，以椒置浆中也。"鲈魴：鲈鱼、鳊鱼。魴，鳊鱼之古称。玳筵：玳瑁筵，亦作瑇瑁筵，指豪华、珍贵之筵席。玳瑁，龟属，其甲黄褐色，有黑斑，光泽闪亮豪贵用作装饰。

【解读】

李贺元和九年（814）秋赴潞州幕依友人张彻。诗言"张大宅病酒"，当是年或次年深秋时作，而以诗代柬，托江使寄和州十四兄。

首四句如书柬之开首，叙其缘起。以下八句写家中卧病之况，自病室写至屋外。以下四句切诗题并回应"写恨"：言客中病酒侵肺，柔肠惟绕离别之苦；以下眼前之景与拟思之情错合写，言诗柬缄封，恰闻络纬悲啼，望屋瓦残破，枯草在风中摇抖。每梦及当年南游，与兄楚溪共泛；椒桂长席，鲈魴华筵，令我心中感喟，至今不能忘怀。

末四旧笺或以为责十四兄绮筵美酒，忘故乡旧路而留滞江岛。王琦《汇解》引姚文燮《昌谷集注》云："兄处椒桂鲂鲈，江南之风景自乐，岂得竟忘旧路而久滞江岛耶？"按，姚解与全诗"写恨"不合。

平城下[1]

饥寒平城下，夜夜守明月。

别剑无玉花[2]，海风断鬓发[3]。

塞长连白空[4]，遥见汉旗红。

青帐吹短笛，烟雾湿画龙[5]。

日晚在城上，依稀望城下。

风吹枯蓬起，城中嘶瘦马。

借问筑城吏，去关几千里[6]？

惟愁裹尸归[7]，不惜倒戈死[8]。

【注释】

1 平城：唐平城为仪州属县，在潞州北。李贺元和十年（815）客居潞州，"平城下"或即指此。然诗云"塞长连白空"，又似指云中县，即古平城。又诗云"借问筑城吏，去关几千里？"当是士卒南望雁门关，问云州至关里程；若作仪州平城，则在雁门关南，问"去关"则无着。意贺感潞州昭义节度士卒之饥寒，而借云州古平城事作此。

2 别剑：双剑将别，戍卒自指而兼寓夫妻伤别或与家人离别。用干将、莫邪事，见《吴越春秋·阖闾内传》、《列异志》等。玉花：玉光，玉色，指剑光。

3 海风：瀚海吹来之风，泛指寒冷之风。瀚海，或云湖名，指呼伦湖，贝尔湖，或曰即今贝加尔湖；或云杭爱山之音译。唐代一般指蒙古高原沙漠以北及准噶尔盆地一带。

4 白空：晴空，长空。

5 "烟雾"句：言绣有飞龙图像之战旗为烟雾所湿。

6 "去关"句：此士卒问。关，指代州雁门关。按，自云州古平城至雁门关，约三百六十里。《元和郡县图志》卷四十：云州古平城"西南至上都（长安）一千九百六十里；南至东都（洛阳）一千五百九十里"。而代州雁门关"西南至上都一千六百里；南至东都一千二百三十里"。两路相抵均为三百六十里。

7 裹尸归：古代作战，士卒战死，常以马革、葛布等将尸体包裹运归。

8 倒（dǎo）戈：指掉转兵器，向己方攻击。

【解读】

此或李贺居潞州，目睹昭义节度将官苛暴，剋扣军饷，士卒饥寒难忍，遂借平城事，为戍卒鸣悲抒愤，以警当政之人。诗平白如话，为李贺诗之又一体式。

摩多楼子[1]

玉塞去金人[2],二万四千里。
风吹沙作云,一时渡辽水[3]。
天白水如练,甲丝双串断[4]。
行行莫苦辛,城月犹残半。
晓气朔烟上,趍趉胡马蹄[5]。
行人临水别,陇水长东西。

【注释】

1 摩多楼子:本乐府杂曲歌辞。或言古乐府辞,北朝或隋时边塞曲。王琦《汇解》:"摩多楼子,乐府曲名,莫详所自。大抵言从军征戍之事。"

2 金人:指休屠王祭天金人,此指古匈奴地。《史记·匈奴列传》:"汉使骠骑将军去病,将万骑出陇西","破得休屠王祭天金人。"金人,佛像,此借指匈奴地;休屠,汉代匈奴之王号。《汉武故事》:"毗邪王杀休屠王,以其众来降,得其金人之神,置之甘泉宫,金人皆长丈馀。"又汉置休屠县,为匈奴休屠王故地,在今甘肃武威北六十里。

3 辽水:汉时称大辽水,今之辽河,在辽宁省西部。

4 "甲丝"句:言穿结铠甲片叶之双线因行役劳顿

而磨断。

5　趢趗（lù cù）：行步局促，步伐细碎。

【解读】

　　此言从军征戍之苦。一至四句西域辽远，辽水风沙。二联互文错举，总言戍卒冒风寒沙飞，远离故土，或东或西，征戍无时。五至十言行役之苦辛。天白、月残，见日夜军行不息；马蹄趢趗，则细步急走也。末谓戍卒征行时临水而别，如陇水东西，永不相会，亦"古来征战几人回"意。此当客潞州幕作。

龙夜吟[1]

卷发胡儿眼睛绿[2],高楼夜静吹横竹[3]。
一声似向天上来,月下羌人望乡哭[4]。
直排七点星藏指[5],暗合清风调宫徵[6]。
蜀道秋深云满林,湘江半夜龙惊起。
玉堂美人边塞情,碧窗皓月愁中听。
寒砧能捣百尺练,粉泪凝珠滴红线。
胡儿莫作陇头吟[7],隔窗暗结愁人心。

【注释】

1 龙夜吟:比喻夜间竹笛之声。汉马融《长笛赋》:"近世双笛从羌起,羌人伐竹未及已。龙吟水中不见己,伐竹吹之声相似。"

2 卷(quán)发:古时西北少数民族须发卷曲。眼睛绿:古时胡人眼睛碧绿,称绿眼或碧眼,以别于汉族人之黑眼睛。

3 横竹:即横笛;笛以竹制而横吹故称,亦称竹笛,或简作笛。

4 羌(qiāng)人:指唐时西北西羌族人,为羌笛之乡,或云其人善吹笛。

5 七点星:言横竹上的七个孔窍。按今笛音孔六,膜孔一，吹孔一。

6 "暗合"句：言笛声恰与五声音律相合协调。清风，清声，五音中之商音。宫徵（zhǐ），宫、商、角、徵、羽五声之第一、第四声，此泛指音律。

7 陇头吟：乐府曲名。

【解读】

《龙夜吟》与《李凭箜篌引》、《申胡子觱篥歌》、《听颖师弹琴》等，皆贺闻乐有感之作。此写羌笛。末联云："胡儿莫作陇头吟，隔窗暗结愁人心。""愁人"，贺自指，胡儿所吹则为《陇头吟》曲。

首四言卷发碧眼之胡儿，静夜中于高楼吹笛，声似从天而落，其音悲凄。五至八极言笛音之美妙，秋云遏响，虬头惊起，异物亦成知音。以下四句言笛声之凄苦，引思妇怨女之悲鸣。末二方点己隔窗闻音，悲愁不已。按，《陇头》之曲，今存《乐府诗集》，辞皆悲音。

黄家洞[1]

雀步蹙沙声促促[2]，四尺角弓青石镞[3]。

黑幡三点铜鼓鸣[4]，高作猿啼摇箭箙[5]。

彩布缠骹幅半斜[6]，溪头簇队映葛花。

山潭晚雾吟白鼍[7]，竹蛇飞蠹射金沙[8]。

闲驱竹马缓归家[9]，官军自杀容州槎[10]。

【注释】

1 黄家洞：唐时西南少数种族西原蛮黄氏一支所居，约当今广西左、右江地区。宪宗元和年间，因官军苛逼侵扰，黄家洞曾两度举兵反抗。诗记元和十一年事。

2 雀步：言行走似雀跃。蹙沙：行踏在沙上。"蹙"、"蹴"通，踢、踏。

3 角弓：饰以兽角之硬弓。石镞：以石磨制之箭头。

4 黑幡三点：即黑幡挥动三次。三点，点三次。点，动量词。铜鼓：西南少数种族所用乐器，亦作军中指挥鼓点。

5 箭箙（fú）：俗称箭袋，亦作箭服，古时用竹木或兽皮制成的盛放弓箭之器具。

6 缠骹（qiāo）：裹腿。骹，小腿胫骨近踝处。

7 吟白鼍（tuó）：喻战鼓之声大作。鼍，扬子鳄，亦称鼍龙、猪婆龙。爬行类动物，长丈馀，皮有角质鳞甲，吼声如鸣鼓。

8 "竹蛇"句：疑喻指西原蛮族在作战中所用竹管吹箭。今非洲土人仍在使用。竹管吹出的箭多带毒性，以增加杀伤力。竹蛇，疑喻竹管。飞，射出。蛊，蛊毒。射金沙，含沙射影事。晋干宝《搜神记》卷十二："汉光武中平中，有物处于江水，其名曰蜮，一曰短狐，能含沙射人，所中者则身体筋急，头痛，发热；剧者至死。"此喻吹箭及水战，甚恰。

9 竹马：此处当指薅马，南方村民耘禾之农具。王祯《农书》卷十三："薅马，薅禾所乘竹马也。似篮而长，如鞍而狭，两端攀以竹系，农人薅禾之际乃置于跨间……土人呼为竹马，与儿童戏乘者名同而实异。"此句言黄家洞人击败官军之后，驱薅马而缓步返回。

10 杀：通"煞"。《管子·版法解》："罪杀不赦。"《北堂书钞》卷四十三引作"煞"。容州：王琦《汇解》："容州，因州西容山而名，属岭南道。"今广西左、右江地区。此句言官军战事不利，停船收兵。

【解读】

黄家洞，指少数种族西原蛮居处，亦指西原蛮族，唐时居容州一带。自唐肃宗至德（756—757）至懿宗咸通（860—873）百馀年间，因官军苛逼侵扰，西原蛮曾多次举兵反抗。李贺在世之德、宪二朝，较大规模之抗击唐军即有三次：德宗贞元十年（794），时贺年仅五岁；宪宗元和二年（807），二月"癸酉，邕管经略使路恕败黄洞蛮，执其首领黄承庆"（《新唐书·宪宗纪》），黄少卿暂时归降，与诗末"官军自杀容州槎"似不合；宪宗元和十一年（816）八月"戊申，西原蛮陷宾、峦二州"，"（裴）行立兵出击……容、管两道杀伤、疾疫死者十八以上，调费斗亡，由行立、阳旻二人，当时莫不咎之"（《新唐书·宪宗纪下》及《西原蛮传》）。其时，李贺尚在潞州幕（稍后归昌谷卒），不曾至容州边地，然于黄家洞军威之描绘，声情、态势俱壮，当是军幕所闻。

　　诗为李贺逝前在潞州作，见诗人虽疾病缠身，而终不忘关注现实。

客　游

悲满千里心，日暖南山石[1]。

不谒承明庐[2]，老作平原客[3]。

四时别家庙，三年去乡国[4]。

旅歌屡弹铗，归问时裂帛[5]。

【注释】

1　南山：指李贺故里昌谷女几山。《元和郡县图志》卷五："（福昌县）女几山，在县西南三十四里。"

2　承明庐：本汉承明殿旁屋，侍臣值宿所居，故称承明庐。后引申以入值承明庐为入朝或在朝为官。

3　老：久，长久。《左传·僖公三十三年》："老师费财。"杜预注："师久为老。"平原：指战国四公子之一赵国平原君赵胜。因封于平原，故号平原君。李贺依潞州张彻，潞为战国赵地，故自称"平原客"。

4　四时：四季，此言终年。家庙：祖庙、宗祠，祭祀祖先之祠堂庙宇。按上古称宗庙，唐始有家庙。乡国：家乡、故里。

5　弹铗（jiá）：拍打剑把。铗，剑把。此用冯谖事。《战国策·齐策》载：齐人冯谖，贫乏不能自存，寄食孟尝君门下，因食无鱼，出无车，无以养老母，曾三弹其铗欲归。后因以"弹铗"指处境穷乏困顿，无奈依人门庭而有所干求。裂帛：裁帛作书。《乐府诗集》卷四十七《乌夜啼八曲》其三："此日无啼音，裂帛作还书。"古或以丝帛代信笺，故裁纸写信亦言"裂帛"。

【解读】

　　此"客游"，指客居潞州友人张彻处。据"三年去乡国"，则诗当作于元和十一年（816）离潞返里之前。

　　李贺贫穷无奈而赴潞幕，求一文职僚佐而不可得，此客心不遂而思故乡。姚文燮《昌谷集注》笺曰："失意浪游，离家久客，时裂帛系书，以寄乡信也。"

梦 天[1]

老兔寒蟾泣天色[2],云楼半开壁斜白[3]。
玉轮轧露湿团光[4],鸾珮相逢桂香陌[5]。
黄尘清水三山下,更变千年如走马[6]。
遥望齐州九点烟[7],一泓[8]海水杯中泻。

【注释】

1 梦天:游心于天宫,此想象上天进入月宫。梦,想象。

2 "老兔"句:神话传说月中有玉兔、蟾蜍,故句以兔、蟾代指月亮。泣天色,言月光如水,如兔蟾之泪。泣,眼泪、泪水。

3 云楼:高耸入云之楼阁,此指月中宫阙。

4 玉轮:指月。

5 鸾珮:雕有鸾凤之玉珮,古时妇女所佩带,此当指月里嫦娥。桂香陌:月宫桂子飘香之路,传说月中有桂树,故月宫亦称桂宫。此句言己身登月宫与嫦娥相逢于桂花吐芳之路上。

6 "黄尘"二句:言自月中俯视三山之下,桑田沧海,更变神速。黄尘清水,陆地与海洋,即桑田沧海意。三山,传说渤海中有三座神山,曰蓬莱、方丈、瀛洲。走马,马驰骤疾速,喻时间短暂。《古今图书集成·神异典》

卷二三二"王远"条:"麻姑自说云:'接待以来,已见东海三为桑田。向到蓬莱,又水浅于往日会时略半耳,岂将复为陵陆乎?'远叹曰:'圣人皆言海中行复扬尘也。'"王琦《汇解》:"如走马,即白驹过隙之意。"

7 齐州:中州,指中国。齐、脐古今字,以肚脐在人体中部,故引申为中间、中央。九点烟:言兖、冀、青、徐、豫、荆、扬、雍、梁九州,自月宫下望,小如九点烟尘。

8 一泓(hóng),言一片、一汪。泓,水深广貌,此用作量词。

【解读】

此想象月宫之游,俯视下界,见沧海桑田,转瞬即逝,而发人生短暂渺茫之思。

上半拟想登天,与嫦娥相遇,携其进入月宫。下半由月宫俯视下界。但见三山下黄尘滚滚,清水扬波;人世沧桑,千年一瞬。而遥望中国九州,恰如九点烟尘;沧海一汪,亦不过杯中摇漾而已。南宋刘克庄《清平乐》幻想游月宫,有"身游银阙珠宫,俯看积气濛濛。醉里偶摇桂树,人间唤作凉风"语,其驰骋想象,盖取法李贺。

李贺因科举被毁,仕途受挫,兼之家庭贫困,身体早衰,故每感叹于此路坎坷,人生短暂。故有此天上自胜人间想象之作。

李商隐《李长吉小传》云:"长吉将死,忽昼见一绯衣人，驾赤虬，持一板书若太古篆或霹雳石文者，云当召长见。"此自是逝前幻觉上天。疑元和十一年（816）潞州归后作。

秋　来

桐风惊心志士苦[1]，衰灯络纬啼寒素[2]。

谁看青简一编书[3]，不遣花虫粉空蠹[4]。

思牵今夜肠应直，雨冷香魂吊书客[5]。

秋坟鬼唱鲍家诗[6]，恨血千年土中碧[7]。

【注释】

1　桐风：秋风。《广群芳谱》卷七三引《遁甲》云："梧桐可知月正闰……立秋之日，如某时立秋，至期一叶先坠，故云'梧桐一叶落，天下尽知秋'。"

2　络纬：即莎鸡，俗称"纺织娘"。其秋夜振羽，声如纺线，故名。李白《长相思》："络纬秋啼金井栏，微霜凄凄簟色寒。"参见《房中思》注5"莎鸡泣"。

3　青简：竹简，古时用以书写之狭长竹片。

4　花虫：蠹鱼，俗称蛀书虫。王琦《汇解》："花虫，蠹虫也。竹简久不动，则蠹虫生其中。"

5　香魂：此指亡妻灵魂。书客：见《题归梦》注1。

6　鲍家诗：南朝宋鲍照有《蒿里行》云："赍我长恨意，归为狐兔尘。"按，蒿里，本为山名，相传在泰山南，为死者葬所，后因泛指坟地。《蒿里行》，古挽歌。崔豹《古今注·音乐》："《薤露》、《蒿里》，并丧歌也"；"言人命如薤上之露，易晞灭也，亦谓人死魂魄归于蒿里"。

"《薤露》送王公贵人，《蒿里》送士大夫、庶人，使挽柩者歌之，世呼为挽歌。"

7　"恨血"句：言抱恨而死，不能释怀终如苌弘，其血化碧。恨血化碧，《庄子·外物》："苌弘死于蜀，藏其血，三年而化为碧。"

【解读】

据"青简一编书"，当为元和十一年秋，逝前沉疴，手自编订诗集时作。

首以梧桐入诗，寓悼亡之痛。枚乘《七发》："龙门之桐，高百尺而无枝……其根半死半生。"李商隐《上河东公启》："梧桐半死，才又述哀。"悼妻王氏。李煜《相见欢》："寂寞梧桐深院锁清秋。"悼大周后。贺铸《鹧鸪天》："梧桐半死清霜后，头白鸳鸯失伴飞。"悼亡妻。诗词中举凡以梧桐入诗，常含悼亡之意。李贺妻约逝于元和七年（812），距此时亦已四年。贺身染重疾，自觉不起，闻桐风秋叶，思悼亡妻之情不能已也。贺夫妻情笃，有"弹琴看文君，春风吹鬓影"（《咏怀二首》），妻病则云"鹤病悔游秦"（《始为奉礼忆昌谷山居》），及至妻逝，又有"劳劳一寸心，灯花照鱼目"（《题归梦》）、"情若何，荀奉倩"之语，可以参阅。三、四应连读，言诗集虽编定，然谁为知音能时常翻阅而不使花虫蠹此青简！此于生时被毁而虑及身后寂寞，无人赏音之痛苦。故下接一夜牵肠思此，恐惟有亡妻魂魄，于冷雨敲窗之时，赏我为知音。书客，如《题归梦》云"长安风雨夜，书客梦昌谷"，此亦自指。末言己被谮抱恨，赍志而殁，即便入于土中，亦终如苌弘匦血化碧，以明枉屈！

此李贺逝前呼天鸣屈之声。一介书生，何其无助！贫穷沦落，抱恨而死，千载下读之，使人鸣悲流泪也。

马诗二十三首（选七）

其 一

龙脊贴连钱[1]，银蹄白踏烟[2]。
无人织锦韂[3]，谁为铸金鞭？

其 二

腊月草根甜[4]，天街雪似盐[5]。
未知口硬软，先拟蒺藜衔[6]。

其 四

此马非凡马，房星是本星[7]。
向前敲瘦骨，犹自带铜声。

其 五

大漠沙如雪，燕山月似钩[8]。
何当金络脑[9]，快走踏清秋。

其 十

催榜渡乌江,神骓泣向风[10]。
君王今解剑,何处逐英雄[11]!

其十五

不从桓公猎,何能伏虎威[12]?
一朝沟陇出,看取拂云飞[13]。

其十八

伯乐向前看,旋毛在腹间[14]。
只今掊白草[15],何日蓦青山!

【注释】

1 龙脊:龙马之脊背。《周礼·夏官·廋人》:"马八尺以上为龙。"后因以龙马为骏马。连钱:指马脊背花纹形状似相连之铜钱,古时称为连钱马或连钱骢。

2 "银蹄"句:王琦《汇解》:"其四蹄白色,如踏烟而行。"

3 锦韂(chàn):用锦制作的衬托在马鞍下面,垂于马背两旁以遮挡泥土的布帘，俗称障泥。

4　"腊月"句：王琦《汇解》："草至腊月，苗叶枯槁，惟有根在，亦觉味甜可餐。"

5　天街：京师为天子所在，其街道称天街。韩愈《早春呈水部张十八员外》其一："天街小雨润如酥，草色遥看近却无。"雪似盐：言街道为雪覆盖。《世说新语·言语》："谢太傅寒雪日内集，与儿女讲论文义。俄而雪骤，公欣然曰：'白雪纷纷何所似？'兄子胡儿曰：'撒盐空中差可拟。'兄女（谢道韫）曰：'未若柳絮因风起。'"雪似盐，暗用此典。

6　蒺藜：草本植物，茎平覆地面，表皮有尖刺。

7　房星：星宿名，亦曰房驷，古时以之象征天马。

8　大漠：大沙漠，古时泛指西北边地。燕山：燕然山，借指边塞。

9　金络脑：即马饰金络头，亦称金络、金笼头。

10　榜：船桨，此代指船。渡乌江：《史记·项羽本纪》："于是项王乃欲东渡乌江，乌江亭长舣船待，谓项王曰：'江东虽小，地方千里，众数十万人，亦足王也，愿大王急渡。今独臣有船，汉军至，无以渡。'项王笑曰：'天之亡我，我何渡为！'"神骓：项羽坐骑，因其奔走神速故称。《史记·项羽本纪》："项王则夜起，有美人名虞，常幸从；骏马名骓，常骑之。于是项王乃悲歌慷慨，自为诗曰：'力拔山兮气盖世，时不利兮骓不逝；骓不逝兮可奈何,虞兮虞兮奈若何!'"按,骓,毛色苍白相间之马。

11 解剑:王琦《汇解》:"谓解去其剑而自刎也。"《史记·项羽本纪》:"(项羽)谓亭长曰:'吾知公长者。吾骑此马五岁,所当无敌,尝一日行千里,不忍杀之,以赐公。'……乃自刎而死。"逐:从、追随。

12 "不从"二句:《管子·小问》:"(齐)桓公乘马,虎望见之而伏。桓公问管仲曰:'今者寡人乘马,虎望见寡人而不敢行,其故何也?'管仲对曰:'意者君乘驳马而盘桓,迎日而驰乎?'公曰:'然。'管仲曰:'此驳象也。驳食虎豹,故虎疑焉。'"

13 拂云:言其奔跃至高,可以触云。

14 旋毛在腹:马于腹下聚生作旋涡状之毛。《尔雅·释畜》:"回毛在膺,宜乘。"郭璞注引樊光曰:"伯乐《相马法》,旋毛在腹下如乳者,千里马。"

15 掊(póu):减少,克扣。

【解读】

良马不遇,千古同悲!《马诗二十三首》当非一时一地之作。李贺以良马、千里马自喻盼望为国驱驰,然无赏音,备受饥饿磨折,其感愤之情,字字泪血。所选七首,或借古事,言本可伏虎而未遇明主;或叹英雄失路,虽神马而无可追随;或言虽有伯乐,而无人肯用,"不识鞯"者有之,"掊白草"者有之,故瘦骨铜声,亦惟以蒺藜充饥；或自剖心迹：若可上大漠，登燕然，则仍可快踏清秋、拂云而飞！

《马诗二十三首》中有逝前作，姑附编末。

感讽五首（选四）

其 一

合浦无明珠[1]，龙洲无木奴[2]。
足知造化力，不给使君须[3]。
越妇未织作，吴蚕始蠕蠕。
县官骑马来，狞色虬紫须[4]。
怀中一方板[5]，板上数行书。
"不因使君怒[6]，焉得诣尔庐？"
越妇拜县官："桑牙今尚小，
会待春日晏，丝车方掷掉[7]。"
越妇通言语，小姑具黄粱。
县官踏飧去[8]，簿吏复登堂。

其 二

奇俊无少年[9]，日车何躃躃[10]！
我待纡双绶，遗我星星发[11]。
都门贾生墓，青蝇久断绝[12]。

寒食摇扬天[13]，愤景长肃杀[14]。
皇汉十二帝，惟帝称睿哲[15]。
一夕信竖儿[16]，文明永沦歇[17]。

其　三

南山何其悲，鬼雨洒空草。
长安夜半秋，风前几人老。
低迷黄昏径，袅袅青栎道[18]。
月午树无影，一山惟白晓。
漆炬迎新人，幽圹萤扰扰[19]。

其　四

星尽四方高，万物知天曙。
已生须已养，荷担出门去[20]。
君平久不反[21]，康伯遁国路[22]。
晓思何诡诡[23]，阛阓千人语[24]。

【注释】

1　合浦：汉古郡名，今广西合浦县东北，以产珍珠著称，俗云合浦明珠。葛洪《抱朴子·祛惑》："凡探明珠，不于合浦之渊，不得骊龙之夜光也。"无明珠：用后汉孟尝事。《后汉书·循吏·孟尝传》："（孟）尝迁合浦太守。郡不产谷实，而海出珠宝，与交阯比境，常通商贩，贸籴粮食。先时宰守并多贪秽，诡人采求，不知纪极，珠遂徙于交阯郡界。于是行旅不至，人物无资，贫者饿死于道。尝到官，革易前敝，求民病利。曾未逾岁，去珠复还，百姓皆反其业，商货流通，称为神明。"此言官吏诛求，明珠徙去。

2　龙洲：三国时吴属武陵龙阳县氾洲，在今湖南汉寿县。木奴：柑橘树别称。裴松之《三国志》注引晋习凿齿《襄阳记》云："（李衡）于武陵龙阳氾洲上作宅，种柑桔千株。临死，敕儿曰：'汝母恶我治家，故穷如是。然吾洲里有千头木奴，不责汝衣食，岁上一匹绢，亦可足用耳。'"

3　"足知"二句：言足以明了造物主是不会供给郡太守无厌的需求。造化，造物主，即自然界之主宰；亦指大自然。

4　虬（qiú）须：满脸胡须拳曲。虬，拳曲、卷曲。

5　方板：公文，文书，此指征税文告。王琦《汇解》引陈开先注："板，即纸也，如今之牌票，古所谓符檄也。"

6　使君：刺史，州郡长官，此沿用汉代称谓。

7　"丝车"句：言缲车始摇动。丝车，缲车。掷掉，言缲车左回右转以抽茧出丝。俗谓缲丝。

8　飱（sūn）：饱食，俗言大食一顿。飱，同"飱"，《玉篇》："飧，大食也。"飧，有晚饭、熟食、泡饭、便宴义，此作食、吃解。

9　"奇俊"句：言少年多为人所轻，以为年少者无奇才俊杰。奇俊，亦作奇隽，特别杰出的人物。

10　"日车"句：言太阳何行走之迟缓！日车，太阳。神话传说太阳乘六龙所驾之车，由日御羲和着鞭，运行不息，故云"日车"。蹁蹁，跛行貌，亦作躄躄。

11　"我待"二句：言我急待系结双绶带，官挂朝籍，亟望早生华发。纡（yū），系结，佩带。双绶，双绶带。唐五品以上官员朝服所佩。绶，朝服上用以系佩玉饰、官印之丝带。星星发，白发，头发花白。

12　"都门"二句：言东都洛阳邙山上贾谊之墓，久无凭吊之人。贾生墓，在东都洛阳邙山。青蝇，《三国志·吴书·虞翻传》裴松之注引《虞翻别传》："自恨疏节，骨体不媚，犯上获罪，当长没海隅，生无可与语，死以青蝇为吊客，使天下一人知己者，足以不恨。"后因以"青绳"喻生无知己，死无人凭吊。

13　寒食：寒食节，在清明前一日或二日。摇扬：摇曳，亦作"摇飏"。言寒食天春风摇漾。

14　愤景：即坟（坟）景，坟上之景。"愤"同"坟（坟）"。

15　睿（ruì）哲：明智，圣明。

16　竖儿：犹云小子、小人。多作"竖子"，对人之鄙称。

17　文明：文德辉耀。沦歇：败落，衰歇。

18　袅袅：风吹树枝摇曳不定。青栎（lì）：麻栎，亦称柞木，以其幼叶可饲柞蚕。

19　"漆炬"二句：言坟地磷火近接新鬼，在幽暗的墓冢上萤光闪烁纷乱。漆炬，磷火，俗称鬼火。人和动物尸体腐烂时会分解出磷化氢，并自动燃烧，此即磷火。幽圹，墓冢。萤扰扰，言磷火聚散如萤火。扰扰，纷乱貌。

20　荷（hè）担：挑担。荷，以肩负物。

21　君平：严遵字君平，曾隐居成都卜肆。《汉书·王贡两龚鲍传序》："君平卜筮于成都市，以为卜筮者贱业而可以惠众。人有邪恶是非之问，则依蓍龟为言利害：与人子言依于孝，与人臣言依于忠，各因势导之以善……裁日阅数人，得百钱足自养，则闭肆下帘而授《老子》。"

22　康伯：后汉桓帝时隐士韩康字伯休。《后汉书·逸民·韩康传》："韩康字伯休，一名恬休，京兆霸陵人。家世著姓。常采药名山，卖于长安市，口不二价，三十馀年。时有女子从康买药，康守价不移。女子怒曰：'公是韩伯休邪？乃不二价乎？'康叹曰：'我本欲避名，今小女子皆知有我，何用药为？'乃遁入霸陵山中。"

23　讻（náo）讻：争辩、喧哗。

24　阛阓（huán huì）：街道，街市。

【解读】

《感讽》，心有所感而讽谕托寄，此非一时一地之作，故附编末。

首章。王琦《汇解》："此章讽催科之不时也。"王说是。唐自德宗建中元年（780）二月废租庸调，而定夏、秋"两税"，规定"夏输无过六月，秋输无过十一月"（《文献通考·田赋三》）。《诗·豳风·七月》："蚕月条桑。"高亨注："蚕月，即夏历三月。"今"吴蚕始蠕，蚕事方起，未至三月。乃县官狞色催科，是春催夏税也"。白居易《重赋》云："国家定两税，本意在忧人（民）。"而实际上"诸使罔上"，"干没自私"。（《新唐书·崔造传》）官吏欺上凌下，多方盘剥，"催科无时"仅其一耳。诗中应付县官、簿吏，惟"越妇"、"小姑"，则丁男何在？姚文燮《昌谷集注》云："则丁男又苦于力役，远去可知。"王琦《汇解》曰："夫于女丁犹不恤乃尔，男丁在家者，其诛求又可想矣。"末谓"簿吏复登堂"，则前此县官"踏飧"之事当须重演一过。且三月即催缴，至于六月，不知又将几回"入室登堂"矣！孙光宪《北梦琐言》责贺诗"无理"，张戒则言其"失于少理"（《岁寒堂诗话》），皆非。似此感讽，"理"亦足矣。诗当南游吴楚作。

二章。此贺至贾生墓凭吊，感叹而作。首不言贾生，而自"我"着笔，看似脱题，实心有感触，故以超出常理常情，亟盼速生白发而感喟反言，情、辞皆极高远。末以议论感慨收束。言前汉历经十二君主，惟文帝最为圣明；

然一旦为小人所蔽，则虽文德辉耀于一时，国运终将衰歇。

此凭吊贾生，感叹文帝不能识才，使贾生终受谗害。《史》、《汉》之《贾生列传》皆引绛、灌诸人谮辞："洛阳之人，年少初学。"贾生之被谗与贺之被毁年相仿佛，皆二十有馀。故此吊贾生，亦贺自伤自吊也。

三章。此有事上终南，夜半不寐而踽行山间，听秋风吹栎，见幽圹鬼火，而有感于人生短暂，当无寄托。姚文燮以为寄寓陆贽、阳城遭贬事，牵强无据。

四章。此叹己生不能自养而无所归依。前四言拂晓见荷担者为养家糊口，即已出门谋生。后半言己一介书生，固不能如贫民脚夫之可手提肩挑。然若作隐士如君平、康伯，则此路亦不可通。晓思再三，无所归依，惟闻市井中千人高语恚呼，皆为一己私利。是当作于长安崇义里。

感讽六首（选四）

其 二

苦风吹朔寒，沙惊秦木折[1]。
舞影逐空天，画鼓馀清节[2]。
蜀书秋信断[3]，黑水朝波咽[4]。
娇魂从回风[5]，死处悬乡月。

其 三

杂杂胡马尘，森森边士戟。
天教胡马战，晓云皆血色。
妇人携汉卒，箭箙囊巾帼[6]。
不惭金印重，踉锵腰鞬力[7]。
恂恂乡门老[8]，昨夜试锋镝。
走马遣书勋，谁能分粉墨[9]！

其 四

青门放弹去[10]，马色连空郊。

何年帝家物，玉装鞍上摇[11]。

去去走犬归，来来坐烹羔。

千金不了馔，狢肉称盘臊[12]。

试问谁家子，乃老能佩刀[13]。

西山白盖下，贤隽寒萧萧[14]。

其 五

晓菊泫寒露，似悲团扇风[15]。

秋凉经汉殿，班子泣衰红[16]。

本无辞辇意，岂见入空宫[17]！

腰衱佩珠断，灰蝶生阴松[18]。

【注释】

1 朔（shuò）寒：北方寒冷之气。朔，北方。惊沙：狂风吹动沙砾。二句言天寒风大，北方苦寒，秦地惊风折木。

2 空天：辽阔之天宇。清节：鼓点节奏清晰。王琦《汇解》曰："未尝无歌舞可以解忧，而异方之乐，另是一种声容，惟画鼓仅馀清楚节奏。"

3 "蜀书"句：言秋来书信全无。蜀书，疑即蜀笺。

唐时蜀地所制之笺纸精致华美,通行甚广,故以代书信。《蜀笺谱》:"蜀笺体重,一夫之力,仅荷五百番。"

4 黑水:泛指中原以外异地方域。旧说黑水约有七处:张掖河、大通河、党河(即黑海子)、泸水(即金沙江)、西洱河(澜沧江支流,在洱海上游)、澜沧江、怒江。歧异纷呈,不必深究,要之当指中原以外如西北回纥或西川交界吐蕃等地。

5 回风:旋风。王琦《汇解》曰:"(公主和亲)远去绝国,杳无还期,一朝身死,娇魂或可从风而回。若埋骨之地,惟有明月悬于天上,犹是故乡所习见者,其馀风景,无一相似者矣。"

6 妇人:指代宦者。唐中叶后多以宦官领兵,号监军使。姚文燮《昌谷集注》云:"贞元十二年(796),以窦文场、霍仙鸣为护军中尉,卒无成功。元和四年(809),复以吐突承璀为招讨。贺谓宦官典兵,故以妇人比之也。"箭箙(fú):箭袋,亦作箭服,古时用竹木或兽皮制成的藏箭之器具。详见《黄家洞》注5。巾帼:古代妇女的头巾及发饰。

7 踉锵(liàng qiàng):行步歪斜迟滞,亦作踉蹡、踉跄。腰鞬(jiān):腰间佩带盛弓之器具。鞬,马上盛弓之器具。

8 恂恂:恐慄貌。

9 "走马"二句:言宦者走马朝廷,妄报战功,谁能辨其是非黑白!粉、墨,白与黑。

10　青门：长安东南霸城门。《三辅黄图·都城十二门》："长安城东，出南头第一门曰霸城门。民见门青色，名曰青城门，或曰青门。"放弹：射弹丸。《西京杂记》："韩嫣好弹，常以金为丸，所失者日有十馀，长安为之语曰：'若饥寒，逐金丸。'儿童每闻嫣出弹，辄随之，望丸之所落，辄拾焉。"

11　"何年"二句：王琦《汇解》："谓马鞍上装饰玉色，乃古时帝王所用之物也。即一物观之，其服饰之华美，大略可见。"

12　不了：未完，未足。句云费资千金而未足一馔。狢（hé）：即貉，生山间，猎以为野味，登之盘盂。

13　乃老：犹乃翁、乃父。

14　白盖：白茅覆盖屋顶之屋。贤隽：才德出众之人，亦作贤俊。

15　泫（xuàn）露：滴露。泫，水露下滴。团扇风：指秋风。班婕妤《怨歌行》云："新裂齐纨素，鲜洁如霜雪。裁成合欢扇，团团似明月。出入君怀袖，动摇微风发。常恐秋节至，凉飚夺炎热。弃捐箧笥中，恩情中道绝。"

16　班子：指班婕妤，汉成帝宫嫔。《汉书·孝成班婕妤传》："班婕妤，初入宫为少使，俄而大幸，为婕妤……其后赵飞燕姊弟亦从微贱兴，班婕妤失宠，稀复进见。赵氏姊弟骄妒，婕妤恐久见危，求供养太后长信宫，帝许焉。"衰红：凋谢之花。此喻指红颜衰老。

17 "本无"二句：言班婕妤守礼不与成帝同辇，故而失宠，我则非有"辞辇"之意，因何亦被打入冷宫？《汉书·孝成班婕妤传》："成帝游于后庭，尝欲与婕妤同辇载，婕妤辞曰：'观古图画，圣贤之君皆有名臣在侧，三代末主乃有嬖女，今欲同辇，得无近似之乎？'上善其言而止。"

18 "腰衱（jié）"二句：言我宠衰爱弛，弃置已久，心如死灰，不但珮断珠落，不久且灰飞蝶舞于墓木矣。腰衱，裙带。灰蝶，飞舞似蝶之纸灰，俗称烧纸钱。王琦《汇解》："灰蝶，纸灰飞舞似蝶者。"阴松，墓木。王琦《汇解》："墓边之松。"

【解读】

其二。此拟公主和亲不得归乡之悲怨。《旧唐书·宪宗纪上》："（元和三年二月）戊寅，咸安大长公主卒于回纥。"贺诗或有感于此而发。

一、二和亲出发之时、景，以景点时，以景写哀。三、四异域风情：此举一斑而见异俗之不同于中原。习常于帝王官贵温柔之家，公主实无以适从。五、六言公主嫁后，恩泽中断。七、八言公主年幼，身死而不忘中原，娇魂归驰，趁回风而飞返长安，然魂魄得归而青塚白骨，则夜夜望月牵肠，沉痛至极。贞元、元和间，回纥、吐蕃为患，贺感咸安大长公主之卒于异域，拟想公主和亲之惨剧作此有提示朝廷警边之意。

其三。此刺宦竖带兵，谎报军功，朝廷不分黑白而谬加奖赐。此痛砭中唐以后，军制废弛，朝廷任用宦官监军、统兵之弊。宪宗虽号"中兴"之主，亦用内官吐突承璀、程文干为招讨，为左军中尉（《旧唐书·宪宗纪上》元和五年）。宪宗后竟为宦官陈宏志所弑，可谓至死不悟。

其四。此刺京师贵公子之富贵骄横，当贺奉礼长安所目睹。京师权贵子弟饱食终日，惟空郊走马，放弹射猎；或斗鸡走犬，归来烹羊。末点出其乃父佩刀，专主杀伐，为藩镇节使之流。以与白屋中贤隽之士萧条贫居对比作结。此李贺为贤士鸣不平，亦胸中块垒，一吐为快。

其五。此拟失宠宫女之悲叹，言君心之难测，君恩之不可恃也。五、六两句尤为沉挚。

姚文燮《昌谷集注》以为："此嘲叔文之党也。"似不足据。

此《感讽》亦非同时所作，姑附编末。